SABOR DE QUÍMICA

RONIWALTER JATOBÁ

SABOR DE QUÍMICA

APRESENTAÇÃO DE FERNANDO BONASSI

BOITEMPO

Direção-geral
Ivana Jinkings
Edição
Marcela Sayuri
Coordenação editorial e revisão
Thais Rimkus
Coordenação de produção
Juliana Brandt
Preparação
Frank de Oliveira
Capa e diagramação
Livia Viganó

Equipe de apoio Ana Beatriz Leal, Ana Slade, Artur Renzo, Bruno Ferreira, Carolina Peters, Davi Oliveira, Elaine Ramos, Giovanna Corossari, Higor Alves, Ivam Oliveira, João Lucas Z. Kosce, Letícia Akutsu, Luciana Capelli, Marina Valeriano, Mateus Rodrigues, Maurício Barbosa, Pedro Davoglio, Raí Alves, Renata Carnajal, Sofia Perseu, Tatiane Carvalho, Thais Caramico, Tulio Candiotto

CIP-BRASIL. CATALOGAÇÃO NA PUBLICAÇÃO
SINDICATO NACIONAL DOS EDITORES DE LIVROS, RJ

J44s
Jatobá, Roniwalter
Sabor de química / Roniwalter Jatobá ; [prefácio Fernando Bonassi]. -
1. ed. - São Paulo : Boitempo, 2025.
18 cm.

ISBN 978-65-5717-433-3
1. Contos brasileiros. I. Bonassi, Fernando. II. Título.

25-96114 CDD: 869.3
CDU: 82-34(81)

Meri Gleice Rodrigues de Souza - Bibliotecária - CRB-7/6439

1ª edição: junho de 2025

BOITEMPO
Jinkings Editores Associados Ltda.
Rua Pereira Leite, 373
05442-000 São Paulo SP
Tel.: (11) 3875-7250 | 3875-7285
editor@boitempoeditorial.com.br | boitempoeditorial.com.br
blogdaboitempo.com.br | youtube.com/tvboitempo

SUMÁRIO

APRESENTAÇÃO
"O valor inestimável do testemunho",
por Fernando Bonassi 7

PARTE 1 – BANANEIRAS
1. Terra 15
2. Trocato 21
3. Flores da violência 31
4. Ciriaco 37
5. Vontades 59

PARTE 2 – A CIDADE
6. Mudanças 65
7. A fábrica 67
8. Remorsos 71
9. Insônia 77
10. A força do sangue 83
11. Solução domingueira 95
12. Domingo, tem cinema 105
13. Entre quarto e medos 111
14. Paragens 115
15. Margem 135
16. Zuleide 145
17. Dorinha 153
18. Odília 157
19. Espera 161
20. Falso milagre 169
21. Luz dos homens 177
22. Sabor de química 187

SOBRE O AUTOR 191

PARA AÍDA LIMA, RUY ESPINHEIRA FILHO E VALDOMIRO SANTANA. E, COMO SEMPRE, PARA LUCAS E FERNANDO, MEUS FILHOS.

APRESENTAÇÃO

O valor inestimável do testemunho

Fernando Bonassi

A palavra “martírio” deriva do grego *martýrion* e, como no latim, tem o sentido de “testemunhar”. O mártir é aquele que deve observar os acontecimentos, ter o desprendimento e a solidariedade de sofrê-los, experimentá-los na carne no mais das vezes, mas, acima de tudo, ser capaz de permanecer para narrar, de refletir e reinventar o que viu e sentiu, de registrar o seu testemunho para o bem das gerações futuras: para que outros, mais afortunados em novos tempos, vejam e sintam o que sofreu. Para que compreendam e evitem o mal. Para dar conhecimento.

Do mesmo modo, na tragédia grega, é o texto, o testemunho riscado pelo autor/testemunha, que promovido pela encenação opera a necessária catarse no espectador, catarse necessária para que saiamos da desgraça um tanto mais sábios, para que não incorramos nos mesmos erros, para evoluirmos.

É possível. Sentir, em arte, é saber.

Este livro realiza como poucos, e poderosamente, essas ideias. Tão mais importante, porque nunca antes como agora o momento presente anda com essa... "catinga de passado".

Sabor de química. Você tem nas mãos um livro histórico, escrito no calor da batalha da sobrevivência e da concretização do "sonho bandeirante" dos anos 1960 e 1970, em plena diáspora nordestina, mão de obra barata atraída pelos cantos de sereia dos agenciadores sem escrúpulos, veio para se submeter a um dos períodos mais desumanos dessa conversa de ordem e progresso, um mundo do trabalho degradado, sub-remunerado, sem direitos, que reproduzia e normalizava a desgraça da dominação travestindo-a de "um lugar de oportunidades", máquina que moeu e regurgitou (ainda o faz, a bem dizer) bagaço de muita gente.

O livro se apresenta como um volume de contos, e certamente o é, podendo ser lido "em desordem", já que qualquer das suas unidades tem o seu propósito, o seu começo, meio e fim. Mas eu sempre o li como um "romance de estilhaços", um espelho jogado no chão, como uma só e longa história de azares, cortada à faca, embaralhada com raiva, em que cada pedaço, cada caco, só existe para conformar um mosaico maior: o do horror primitivo de nossa desumanidade. Um livro fundador sobre aquilo que fizemos de nós mesmos e numa época muito particular, cinzenta. Eram os anos de chumbo.

O livro se divide em duas partes: "Bananeiras", com histórias que tratam do lugar de origem da maioria dos personagens, narra aquilo que se tem e que se deixa (não por querer, mas por necessidade). Seria um tempo e um lugar quase idílicos, não fosse "certa urgência" experimentada de forma constante por aquela gente, gente e bicho, aliás, numa aflição de partidas e de afetos rompidos, uma angústia de separação que paira e pesa sobre tudo e sobre todos, que parece empurrá-los para longe, um pé nas costas que os expulsa, que os afasta de qualquer inocência, para fora do berço protegido... Ora, mal se viveu e aquele meio ambiente já tem esse cheiro de saudade! É isto mesmo: um sabor amargo. Químico. E vai deixar desgosto.

A segunda parte, "A cidade", é maior – e não por acaso: são múltiplas as tramas, tramoias e armadilhas que esperam os milhões que aqui foram aparecendo com as melhores intenções e que, em pouco, seriam frustradas. São histórias que tratam da chegada desses obreiros sonhadores, da sua instalação numa cidade que sofria mais um espasmo de crescimento e que os mandava para as periferias mais destroçadas. Trata do que foi feito das esperanças desse enorme contingente de desenraizados, suas surpresas desagradáveis e decepções sem remédio, ruas de terra, enchentes, moradia precária, condução lotada, falta de água, esgoto a céu aberto, cartões de ponto, salários minúsculos, horas extras, humilhações consentidas de cabeça baixa, por necessidade, por costume, por herança, famílias separadas, amores desfeitos, legiões de fodidos e de coitados que vieram para tornar concreto armado os luxos e as manias de grandezas da cidade de São Paulo – província de vocação escravocrata com afetação de metrópole financeira. Luxos e grandezas erguidos por braços de homens e mulheres que jamais puderam sonhar com essas coisas, numa inversão de valores tão típica do nosso "modo de vida".

Este livro é um marco por ser um dos poucos a tratar, com grandeza literária, de parte essencial, fundadora mesmo, de certa autoimagem e da própria história recente da cidade de São Paulo (de tão pouca memória), e num momento muito particular da experiência política brasileira no século XX: aquele dos estertores da ditadura militar instaurada em 1964, da eclosão dos primeiros protestos e greves, do ressurgimento de movimentos sociais, da violência policial que vai substituindo a violência generalizada do regime, mas que se normaliza e se cristaliza hoje numa "obsessão pela segurança" que nada mais é do que o projeto institucionalizado de uma elite rentista e predatória, o de "manter os miseráveis onde estão"... E tudo isso sem perder a moldura tensa daquele "fim do sonho" – ou pesadelo – do milagre econômico, num processo progressivo de degradação que vai culminar com uma inflação de três dígitos no início dos anos 1980, no naufrágio da euforia desenvolvimentista e no colapso da própria ditadura, mais adiante.

Sabor de química igualmente segue quase solitário no retrato de valor literário de uma época sombria e de uma parcela de gente que tanto lutou e contribuiu para que São Paulo se tornasse o que é, isso que somos.

Trata-se do livro de estreia do autor, publicado em 1976. E o que o torna mais fantástico – dada sua alta voltagem formal e poética – é que foi escrito e lançado no calor dessa batalha de sobreviventes, no mesmo instante em que a cidade explodia desordenada em prédios de gosto duvidoso, para cima, as periferias empurradas para cada vez mais longe do centro, dos direitos, mas fervilhando de histórias por trás das portas das casas de bloco, dos vidros dos ônibus lotados, das janelas encardidas das firmas e das filas de desempregados do grande supermercado humano que ali se formava. Roniwalter estava lá, de olho, coração e mente abertos, se lascando, sofrendo, sentindo e registrando tudo.

O autor é, ele mesmo, personagem ativo dessas histórias. Viveu-as em primeira mão, numa infância misturada com a terra, entre homens e bichos, foi pau pra toda obra e até caiu na estrada, atrás do volante de um caminhão, com o qual rodou os sertões, entregando saudade. Veio cá pra baixo e viveu o exílio e a pancadaria das relações de trabalho numa cidade em deformação. São Paulo não podia parar, e seu combustível, o óleo que queimava, era o suco de sua gente.

Mas se engana quem pensa que temos aqui meros relatos de experiência. Roniwalter cria para os seus personagens uma dicção própria, uma prosódia muito particular, linguagem popular, mas seca, límpida, polida de "adjetivismos", na qual a ausência, a descontinuidade e os espaços em branco são pesados silêncios de perguntas sem resposta ecoando as mazelas de quem criou novos mundos, mas não desfruta do suor do seu trabalho. É também um esforço vital que, a despeito da dor e dos sofrimentos, dos sonhos perdidos, traz histórias de gente que ama e que se rói de raiva, mas que ama. É gente turrona, para sempre marginais, cujo exemplo, se existe algum, é a teimosia de viver contra todas as circunstâncias adversas. Aqui, para além de toda tragédia, um par de horas no cinema de domingo pode redimir a tristeza de um ano inteiro.

Tive a felicidade e o espanto de ler este livro na época em que foi publicado em primeira edição, em plena adolescência, quando eu mesmo ensaiava meus primeiros textos. Foi um pé no peito. Um desgosto amargo e doloroso, que me fez perceber logo cedo, quando mais precisava, que é possível fazer arte mesmo onde imperam o desencanto e o desregramento.

Das lições da leitura, ficou a preferência por uma literatura que incomoda, que conforta, livros que nos chacoalham e dos quais saímos transformados. Aqui o testemunho mantém sua verdade artística a despeito da passagem do tempo, tem a força da história e a grandeza formal de um enorme resultado criativo.

Roniwalter viu, sentiu e teimou em ficar para contar a sua/nossa história, história de tantos brasileiros que jamais tiveram voz. Seu martírio se transformou num dos maiores acontecimentos literários da segunda metade do último século, e esta edição apenas consolida esse brio. Sofra. Sinta. Desfrute. Você tem nas mãos uma peça de enorme grandeza literária, o resto é com a sua consciência.

PARTE 1
BANANEIRAS

"ELES DIZIAM QUE TUDO EM SÃO PAULO ERA FORMOSO, DE MELHOR NÃO HAVIA, COISA E TAL: SOMENTE GUARDAVAM AS TRISTEZAS, ESCONDIDAS NOS CANTOS DOS PÉS DE PORTEIRAS, QUE NINGUÉM ACHAVA."

JACINTO, "VONTADES"

1. TERRA

Jarrê, filho de Deija, gritou que tinha estiado, se não queria vadiar; falei pra ele que não queria, não; pai andava meio cismado, podia não gostar, estava desde a hora da comida olhando para o mundo, triste; que fosse sozinho, outra hora eu ia.

Jarrê, filho de Dalva, falou sei lá o quê, desceu a rua amassando lama, fui me achegando pra saber se pai não queria nada, tinha precisão de mim, mais me aproximei.

Pai pensava alto que tanta água como esta só em 1932. *Castigo de Deus.*

Somente escutei o castigo de Deus, pensei que era eu o castigo, meti os pés para trás, acautelei-me para não ser visto e me encoivarei por trás da porta, na tocaia, mão na tramela. Sestroso, fiquei que só em sentinela: o cristão morto, a gente observando, pouco ligando, boca lacrada na tristeza dos outros.

Pai disse, meio amuado, pesaroso, debruçado no portal do fundo da casa: *Aqui nunca foi de chover tanto, mas o que vem de cima tudo é bom.* Enquanto isso, avistava a baixada coberta de água descendo rio abaixo num amontoado de gravetos, folhas finas do canavial e galhos da gameleira copuda da beirada do rio. Até: cobras fazendo caracóis se estrebuchando todas, roda pra lá o redemoinho leva, roda pra cá o redemoinho traz. Água que não respeita nada.

Pai triste, calado, assuntando ou sonhando com a hora de não mais ver os bois com águas nas juntas, cavalo pegando rama com precisão de nadar, água barrenta nos peitos, as moendas paradas.

Sei: pai nem deve ter em pensamento que está quase no tempo de eu ir para Campo Formoso, para o estudo. Nem gosto de ficar com isso no pensamento. Mas estava pensando, aí disse: *Besteira ficar assim pensando.*

Saí correndo pela casa, para o quarto, sem nem olhar a vela acesa, apaga não apaga, que queimava aos pés do santo: acho que mãe me disse um par de vezes, não sei direito, santo Antônio, ou acho que são Pedro, ou não?, sei lá que santo é. Ou é são Francisco? Me esqueci de pedir, ao santo que fosse, pra pai me tirar de lá do estudo.

Mãe estava na sala. A tormenta já tinha parado com o vento soprando para longe as nuvens de chuva. Ela me viu passar pelo corredor me esquivando: *O que esse menino fez agora?*, ela disse e foi ter comigo lá no quarto, andando de mansinho como ela gostava. Entrou silenciosa como gato matreiro, com jeito de não querer nada, foi se achegando, de olhos nas maneiras que eu ficava. *Dando trabalho, deixando atarefado o teu pai, não desarrume a cama*, ela disse só pra se aproximar, que mãe é assim mesmo: briga, briga, até xinga, mas é do lado da gente. *Eu só estou pensando, mãe, e não dei trabalho, não, pai nem me viu, também a gente não pode brincar lá fora, uma lameira*, eu disse.

Mãe perguntou o que eu tinha, eu não era assim, deixasse de tristeza boba, eu ia pra escola lá em Campo Formoso depois que o barreiro secasse, não gostava muito, mas que jeito, o teu pai quer.

Aí ela disse: *Será que tem trem nesses dias por causa da chuva?* Devia mandar perguntar lá na estação da Lajinha, o filho de Deija ia num pulo. A escola não é tão longe, não é fim de mundo, passava uns tempos, depois logo voltava, ficava nesse vaivém um tempão, depois é homem de bem, doutor.

Não queria ir pra lá, não, mãe. Gosto daqui, eu disse pra ela.

Ela me olhou como passarinho faz com o filhote, me beliscou com carinho e disse: *E o sacrifício do teu pai? Um prejuízo danado com essa chuva. Me arrenego da hora que a gente pensa no teu bem.*

Aí eu disse que queria ficar aqui, ajudando, labutando, dando adjutório, prendendo as vacas no curral toda tarde escurecendo, tocando boi no engenho, a garapa descendo para o cocho espumando. *Eu gosto é daqui, não gosto de lá, a gente só estuda, nem se brinca.*

E ela falou depois: *Se teu pai souber disso tudo, ele te mata, tu com tuas ideias. Logo agora que tu já sabes ler tudo direitinho. Quer ser do jeito da tua família que nem sabe soletrar?*

Fiquei em pé olhando pra ela. Agarrei a pensar que mãe tinha razão. Nem queria imaginar, Deus me ouça, se pai soubesse dessas minhas vontades de não ir mais estudar. Tia Joana falava pra todo mundo: *Meu sobrinho, filho do João, vai ser doutor se assim Deus permitir.*

Parece que estou vendo: pai orgulhoso. Mas ele sempre dizia: *Besteira, mulher*. Eu sabia, porém, que ele ficava orgulhoso. Eu é que não ligava muito. Quando pensava nos mandis grandões, que pegava no rio com o filho de Deija, o Jarrê, me esquecia da escola, nem me lembrava de nada que existia. Depois, de noite, a gente ficava escutando histórias de trancoso, cadê que dava vontade de voltar à escola? Na escola, só livro difícil, um jeito diferente com a gente. Aqui, ou não é?, os casos entram na cabeça da gente, nunca se esquece de nada, grudam que só visgo, não saem nem que se queira.

Quero bem a todo mundo, a Tereza, não. Uma vez ela fez fuxico, pai veio lá, eu no meu canto, já esperando. A Tereza, nem gosto de falar o nome, chorando e contando: *Seu João, teu filho, lá no rio, ele botou a binga pra fora e me chamou pra fazer besteira.*

Pai chegou, pegou a bainha de facão, aproximou zangado que só boi de carro quando fica bravo, disse: *Respeita filha alheia.* Mãe disse: *Não bate assim no menino, tu bates na cabeça, em qualquer lugar, depois o menino fica bobo assim igual ao Zé da Cruz, aquele da feira que pede esmola.* Ele não bateu mais, mas disse que no próximo desrespeito me matava.

Gostava de chegar na cozinha, mãe fazendo doce de manga, quando era época ou mesmo com fruta temporã. Dizia que me doía a cabeça, que era por causa da bainha do facão, ela me dava a rapa da panela. Depois, eu ia brincar ou ver se tinha alguma nambu presa na arapuca. Ou ia para o rio atrás de jega, com o filho do seu Gustavo, de égua e até de vaca.

Jega chegava com sede, a gente passava o cabresto, um segurava, um ia, outro segurava... no mourão. Vaca deitada, remoendo, e a gente cruzava ela assim mesmo.

Se eu falar que não quero ir pra escola, pai, que agora anda tão triste como a vez que ele me bateu, só assuntando essa água besta que não para, que cobriu todo o canavial, ele pode se chatear com essas besteiras, pegar a peia e então... já estou vendo.

Mãe ainda estava lá me olhando, parece que vendo meus pensamentos. Ela veio, me agarrou no colo, fez cafuné, saiu devagar pra cozinha. Pensei, se pai morresse, eu não ia sentir muito, mas mãe não gosto nem de ficar com isso em pensamento.

Aí chegou o dia de me ir embora. A chuva, também já era tempo, tinha parado. Escutei pai falar para o Gustavo com o chapéu na mão: *Quero todo mundo amanhã aqui, as águas baixando, os facões comendo. Se perder, não perco muito, água molenga, só cobriu, não derrubou.*

Aí chegou a hora de me ir embora. Dei bênção a pai, ele me abraçou. Na vez de mãe me abraçar, quase não aguento, controlei segurando as lágrimas, mas não chorei na hora. Pai podia dizer que homem não chora. Mesmo assim, um pingo de choro deslizou no rosto, enxuguei logo, ninguém viu, me despedindo nesse dia de fevereiro, sol quente no alto do morro.

Viam-se umas nuvens, umas cinco contadas nos dedos, brancas, meio ralas, perto da cumeeira do morro, parecendo encostadas nas flores de ipês-roxos e amarelos, colorindo a tristeza que se tem. E também: um sem jeito de mais chuva.

Mãe chora.

Toma jeito, cavalo depravado, diz pai para o animal que pisa e cavouca a terra, impaciente.

Me aprumo no alto da sela, me arrenego da tristeza de ir. Sei que pai e mãe só querem ver o meu bem, mas me benzo na vontade de ficar.

Pai, calado, enrola o cigarro sem vontade de fumar.

O cavalo desce a ladeira sem precisão de tocar. Na garupa, Jarrê me acompanha. Vamos calados. Sei que ele está tão triste como eu, mas ele só por uns dias, depois esquece, eu sei.

Lembro que um dia ele falou, se pudesse, ia se instruir, viajava pra São Paulo, mudava de condições e... deixa. Pra que lembrar essa coisa agora?

O cavalo amassa barro já perto do rio. Jarrê na volta, da estação até em casa, vai ficar pegando parelha com quem estiver na estrada. Agora bem que podia correr no cavalo fogoso, mas Jarrê vai dizer que não corra, não, a mala pode cair e se quebrar.

Deixo para lá as vontades e vejo o rio. As águas já baixas encostam na barriga do alazão, redemoinho querendo acertar na anca. Os dois com os pés levantados na altura das crinas do animal, que vai de brida solta. Tenho vontade de voltar, mas, ciente, não posso ter querer.

Aí me deu pelo menos uma vontade de dar uma olhada de banda antes de chegar na curva que encobria tudo da vista. Fiquei com receio de me fazer chorar. Jarrê podia dizer: *Não seja mole, Jacinto.*

Assim, com isso na ideia, assim mesmo olhei.

Primeiro, sumiu a rua, tenho o peito em fogo; depois, não vi mais o braço de mãe que dizia adeus, tenho um nó na garganta que me sufoca; aí, foi sumindo, sumindo, os telhados das casas, até sumir de vez a cruz do alto da igreja. Sinto um aperto como se estivesse sentado nas raízes da gameleira copuda e escapasse do anzol alguma piaba pequena, morta de fome, arisca. Ou como se Jarrê, Tico, Duca e eu estivéssemos de mergulhos no poço do Joá, de manhã ou no fim da tarde, e faltasse fôlego.

2. TROCATO

Jegue Trocato. Assim a gente – a gente, não, todo mundo que conhecia ele na rua, os trejeitos dele – chamava. Trocato foi presente, só que ninguém sabe de quem. Digo que foi nascido da terra, veio do sertão navegando nas águas poucas de época enxuta, no fiozinho do rio Bananeiras, apoiado, boiando num tronco velho de gameleira. Pois cuidei dele, sem diferenciação, sem esquisitice. Botei ele no quintal de casa, que tinha um capim já crescidinho. Seu Ciriaco dizia que era animal de cigano: *Olha o jeito do trote dele, veja a manha dele. Logo, logo ele foge.*

Trocato foi ficando.

Nem bem a manhã começava, às vezes escuro ainda, parecia coisa de pensamento sabido, o berro de Trocato pontualmente começava a se ampliar, devagar, aumentando, sempre madrugador. Parecia gente. Acordava primeiro as galinhas, que se penduravam de tardinha nos galhos de São João. Depois, o berro passava pelo terreiro melecado de estrume de vaca, entrava pelas frestas do telhado lá de casa, seguindo no rumo da cozinha. Logo, o papagaio velho de mãe abria as asas se estremecendo todo, se arrepiava, coçava as penas com o bico e chamava: *Dona Maria, dona Maria.*

Tudo: a casa e o mundo despertavam.

E levantava Santina, olho grudado de remela, coçando os quartos, que era uma coceira que ela tinha, tateando pelas paredes escuras. Já reclamando de tudo deste mundo, quando não tinha outra coisa do que falar. Lá vinha na boca maldição praquele jegue sem respeito pelo sono alheio: *Isso lá é hora? Depois do berro dele, quem pode mais se conciliar na madorna da madrugada?*

E jogava praga pra cobra grudar na focinheira dele às seis da tarde, que era pra não ter cura; pra enxame de abelhas italianas pegar ele sem sobreaviso, sem barulho, fazer dele viveiro delas. *Ah, jegue Trocato, ainda corro no teu rastro com mão de pilão pra te moer, deixar como sarapatel, moidinho, que é pra não lhe reconhecerem depois*, terminava dizendo.

E ficava nas pragas, pois Santina tinha alma boa. Digo tinha, pois ela já morreu, mas que ela gostava de reclamar, isso gostava. Era jeito dela. Eu pensava: *Quem vai mudar alguém de uma hora pra outra? Quem? Só Deus, mas Ele não está ligando muito para os jeitos de qualquer uma criatura.*

Por último, eu acordava rindo de Santina ou ficava contando as voltas do berro de Trocato, o subir e descer do canto dele. Chamo de canto, pois para mim era. Até comparei um dia, prosando com o filho do Deija, o Jarrê. *Igualzinho*, eu disse, *aquela banda que sempre vinha tocar nas festas de janeiro.*

Jarrê ria, o corpinho balançava todo. *O quê? Você está ficando maluco*. E ria. Eu explicava as comparações, o meu jeito de ver, o que eu achava. *Vê se não estou certo?*, perguntava. O riso dele ia diminuindo, até ficar tudo na combinação de nós dois.

Doraci todo mundo sabia que não gostava de Trocato. Nem ver o animal, que nunca tinha lhe feito mal nenhum.

Ela dizia que não gostava, que se podia fazer? Era aceitar. Jarrê falava que ela era uma mulher má: *Onde já se viu?*

Eu até que gostava de sua implicância, morria de rir quando ela chegava nas casas alheias se balançando na saia comprida: *Jegue mais sem-vergonha*, falava raivosa. Eu sempre me escondia atrás de portas, sestroso, pois se ela me visse na frente nada dizia. Sem minha presença, gritava: *Alguém precisa de dar um jeito nesse animal, só faz vergonha aos outros. Nem se pode passar com gente de fora ali na praça, parece aquele tarado que foi notícia durante muito tempo, que andava por aí rondando, agarrando moça na beira do rio. Animal mais desrespeitoso esse Trocato. Vê. De binga grande de fora, balançando, correndo atrás dos outros animais, é capaz de qualquer dia desses mudar de rumo e correr pra cima da gente.*

Eu ria escondido quando ela citava, ruborizada, as palavras "binga de Trocato". Isso no meio de outras mulheres, pois no centro da atenção de homens ela não tocava nesse palavrão, só falava do desrespeito. E dizia que o animal tinha era de ficar preso no quintal o dia inteiro.

Eu ria ainda mais. Depois, contava pra Jarrê, imitando os trejeitos dela. *Ah, só vendo aquele jegue Trocato, a binga batendo no peito, ah, jegue desgramado.* Jarrê rolava de rir. Nesse dia, Jarrê gargalhou tanto que caiu no barranco lá perto da gameleira copuda, na areia da beira do rio, e se mijou. *Fiz vexame*, ele disse.

Pai, sem ser pedido, abriu a boca de Trocato. Conferiu os dentes já cansados, fez cara de dó. Disse: *Ele só é mais moderno ali que Santina, que já tem cabelos brancos pintados na testa. Mas Trocato esconde a velhice.*

Santina estrilou da cozinha: *Isso lá vive muito? Me comparar com jegue, sai.*

Observador Trocato era. Ficava com os olhos lânguidos, pedintes, mesmo depois da fome saciada no fim da tarde, olhando o mundo até onde alcançavam as vistas. Manhoso. Gostava que acariciassem seu pelo. Bicho sabido. Sempre querendo que dessem conta de sua existência. Alma de gente. Bem mãe dizia que ele era, com o jeito que só ela sabia contar, parente longe de um jumento que falava na Bíblia Sagrada. Isso tornava Trocato importante. Linhagem de reinado.

Entrava dia saía dia e jegue Trocato ficava mais velho. Bem pai falou que ele só escondia a velhice. Agora, até sem poder livrar das ruindades que os outros meninos da rua aprontavam com ele.

Pensei em deixar Trocato preso no quintal, mas, coitado, ia tirar a liberdade dele. Ninguém nasceu pra ficar em cativeiro. Quem defendia ele quando via algum menino jogar uma pedra era eu ou o Jarrê. A gente até brigava na rua pelas malvadezas que algum ente quisesse fazer. Se Trocato fosse homem, menino, tivesse pensamento, falasse quando tivesse necessidade, podia ser meu irmão, assim como Jarrê, filho de Deija, é. Mesmo sabendo que pai não olha com bons olhos essa amizade da gente. Ele já até me chamou nos trancos, disse: *Muita apegação tola com essa gentinha*. Escutei, depois perguntei pra mãe se não tinha nada, não. Ela falou: *Besteira de teu pai, pra que diferença se tudo era gente? Teu pai já perguntou, reclamou, de se gostar de Trocato, que é animal? Não, mãe*, respondi encostando nela o corpo. Ela passou os dedos nos meus cabelos. Disse: *Tudo vai para o mesmo lugar que é o cemitério, o mesmo chão vermelho do alto do morro. Eu não ligo, não.* Olhei pra mãe e vi no rosto dela a sabedoria, estampada.

Depois de Jarrê, que era gente de alma, sem contar nem pai nem mãe, vinha Trocato, jegue quase gente, nas amizades. Montar nele em pelo nu, pouco montava. Respeitava a velhice e as pernas cansadas, que pouco davam pra segurar o corpo pesado no vaivém do dia, atrás de sustância.

Gostava de tocar ele na frente e ia pra debaixo das gameleiras com vara de anzol pescar mandis, piaba que fosse. Nessas horas, ele parece que sabia: se calava como gente grande na tocaia. Tinha jeito de saber que ali era lugar para se ficar quieto e não afugentar a pescaria.

O tempo passava. Já escurecendo, a gente, Jarrê também ia, subia a ladeira lá de casa, e Trocato nos acompanhava como um cachorro fiel ao dono, sem precisão de chamar, sem ser preciso assobio nem nada. Trocato, obediente, parecia entender a amizade nossa.

Mãe, Trocato tem parte com gente, eu dizia.

Mãe só ria no jeito dela.

E foi dia de Pedro Silvero, comprador de animal idoso, chegar lá para as bandas de casa.

Jeito dele: mão no chapéu, cumprimento a todos, arrastando o chinelo folgado, frouxo nos pés, já gasto na meia sola.

Fala pouca dele: *Trocato não tem mais serventia.*

E Trocato ia ficando como coisa que não mais se usa, porém se tem dó de desfazer, trocar, barganhar. Trabalho Trocato não dava; incomodava só Santina, que tinha reclamação de tudo, ou Doraci, com as manias lá dela.

E Trocato ia pastando todo dia de tarde, rasgando capim com os dentes da frente já moles, mostrando a velhice dele, traçando e entrando goela adentro resto de jornal, antes embrulho de sabão barra azul, que tinha perdido as letras, que passava correndo do vento; Trocato se agarrando, fazendo esforço, aos galhos das ervas daninhas, que teimavam em nascer na praça da igreja, na rua do cruzeiro. Um Trocato que não fazia mal a ninguém. O fogo já apagado, agora sem vontade de correr se enganchando em outros jegues, a binga mole balançando. Um tempo distante da época em que ruborizavam de vergonha as faces de Doraci.

E Pedro Silvero rodeando pai, insistindo: *Bom preço pago. Lá na praça de Senhor do Bonfim ele tem mais serventia.*

Aumentando a prosa dele: *A fábrica...*

Não deixava ele terminar: *Não. Jegue Trocato morre de velho, precisão de dinheiro pai não está tendo* (pai só olhando, me aprovando, nada dizendo), *deixa ele ficar caducando, se cegando da velhice dele, até o dia em que ele não puder mais trotear por aí, aí, sim, ele morre como morrem todos os bichos sem alma, sem incomodar cristão algum.*

Dizia mais: *Quando estiver perto da morte, espero que fuja pelas capoeiras, subindo ladeira se tropicando, o fio de vida se escorregando das costas dele, e indo à procura de um canto pra descansar os derradeiros instantes de vida. Ali, vai servir de pasto pra urubus que vivem rodando, voando com a cabeça virando pra lá pra cá, caçando carniça nessa sina deles, até encontrarem os restos de Trocato e fazerem festa em cima do defunto dele. Na certa, é assim que é a sorte de bicho sem pensamento (logo animal de sela nunca ouvi falar no meu pensamento curto que se come?). Maldade se esturricar de animal que serviu labutando a vida toda, sem hora de parada no trabalho, sem gritar um ai de cansado. É mesmo que comer carne de gente*, terminei dizendo, afobado, à língua desgrudada.

Pai dispensou de vez Pedro Silvero. *Vai, homem. O menino já deu a palavra*, ele comentou.

Trocato carregava aquela cruz que nascia nas crinas, descia pelo costeado, se ia. Tal e qual o cruzeiro na frente da igreja. Aquela cruz grande, enorme, cruzando todo o corpo, que foi colocada por Deus, não, Jesus menino, em agradecimento pelas caminhadas lá na terra dele, no Egito. Quando mãe contava esses casos, eu pedia mais. Comparava com Trocato de agora e parecia ver: Trocato arriado como montaria da boa, esquipando macio com menino Jesus nas costas, que era pra não machucar a criancinha. Todo brioso no arreio novo, levando ele pra longe, entre matos, rios, e fugindo pelo sertão da polícia que queria matar Ele, pois mãe dizia, Ele queria desde pequenino dar adjutório a toda gente, pobre assim feito Jarrê, filho de Deija; arremediado tal assim teu pai e ricos à semelhança de coronel Gercílio Batista, tudo irmanado, juntos como nas rezas de janeiro.

E Trocato, com serventia, corria, corria, corria; a polícia de clavinotes, fuzil, de rural e caminhão, tudo fardado; e Jesus com a vozinha lá dele de criança só dizia, pedindo: *Corre Trocato, eles já estão perto, estão se aproximando, corre, Trocato, como o vento, livre de montanhas, de mataria.*

E Jesus menino batia de leve no pescoço, agarrando às crinas, de Trocato... E ele obedecia. E deixava um rastro de poeira que cobria de todo os carros, os homens a pé, os cachorros farejadores, e ia sumindo das vistas. Trocato nem cansava, nem abria a boca, resfolegando.

Ele sabia a importância da missão. Os homens gritando todos numa só voz: *Pega, Ele é arruaceiro, pega.*

E Trocato, mesmo no pensamento curto de bicho animal, não se deixava enganar, não parava, não se estancava com os brados altos, e mais corria, jogando das patas pedras grandes, pequenas, nos vidros dos carros; e balas zuniam, flechas passavam rente ao pelo de Trocato fazendo cócegas.

De noite, nos sonhos, eu via coronel Gercílio Batista, que eu não conhecia de presença, me aparecendo com as feições lá dele, ora se confundindo com o jeito de Pedro Silvero, querendo levar Trocato para o matadouro de jegues lá em Senhor do Bonfim. Um sonho tão verdadeiro que eu presenciava: no meio da tropa de animais velhos, Trocato parecia o mais luzidio, o mais bem tratado, os pelos não pareciam cair, se esfiapar, como se via nos outros. O coronel com a cara pintada de vermelho era quem gritava alto para os animais ouvirem. E eles, no meio perdido Trocato, obedientes como filhos pequenos, entravam no curral enorme do fundo da fábrica.

Os homens que os perseguiam desciam dos carros. Um mais forte pegava uma acha de madeira. Levantava a acha na altura da cabeça. Os animais nesse ambiente sujo se iam tocados para um corredor apertado, acanhado, se debatendo uns nos outros. Um só de cada vez passava no corredor, outro homem cercava. O homem da acha brilhava os olhos, levantava a acha mais em cima e descia a madeira com força, uma descida só, sem dó; caía o animal.

Outros homens, já preparados, pegavam aquele corpo se estrebuchando todo, sem esperar que morresse, a pele ainda se bulindo, tremendo no sangue quente, e tiravam o couro. Enfiavam facas, amoladinhas, brilhando, na pele dura deles. O corpo bulia, bulia mais um pouco, estancava.

Os homens, vestidos de aventais salpicados de manchinhas vermelhas, não conversavam, bocas fechadas. Faziam o serviço. E pior: era gente pendurada nos mourões do curral apreciando tudo.

Trocato não, eu gritava, suando, dormindo ainda; mãe acudia às vezes, outras, Santina.

Vezes acordava no meio da noite. Tinha vontade de sair pelas ruas, mesmo escuras, pelo quintal, para me certificar da saúde de Trocato.

De tudo isso era melhor (no céu nuvens brancas, outras negras cinzentas, carregadas de chuva, todas se acumulando próximas às outras como vinham fazendo havia dias; a preparação da natureza, a água indecisa prestes a jorrar): ver jegue Trocato mastigando, remoendo nos dentes moles capim verdinho que nascia na beirada da escada da igreja, sem ninguém bulir, malinar com ele, deixando ele na santa paz dos bichos brutos.

3. FLORES DA VIOLÊNCIA

E montou num querubim, e voou;
sim, voou sobre as asas do vento.
(Salmos, 18:10)

A luz do amanhecer era tão clara que Jacinto viu o corpo de Jacira, sua mulher, cair sobre o ninho, quebrar as pernas de uma galinha poedeira e sujar-se no endez enganador, às cinco horas, no imenso quintal enlameado no fundo da casa. Transtornado, correu sem saber fazer o que, enlaçou-a entre braços e arrastou o peso grávido de quatro meses para o quarto. Àquela hora era difícil ser atendido pelas comadres curiosas, prestativas, mas assim mesmo, *acode minha mulher*, saiu à rua.

O dia se acinzentou e ficou triste, desmanchando a claridade da manhã. Fazendo conjeturas de casos semelhantes, as mulheres que chegaram ante a estranheza da moléstia de Jacira somente olhavam para a imobilidade e para o respirar compassado. Recordaram até, em voz baixa, que o demônio entra em corpos grávidos para impor os germes da maldade em incautos rebentos que estão para nascer.

A notícia de Jacira correu divulgando a doença numa rapidez tal que a pequena morada encheu-se, dia e noite, transformando-se em um pequeno mercado, onde somente não incutiram o livre comércio.

As batidas do coração de Jacira eram frágeis quais as teias de aranha finíssimas que sempre teimavam em brotar nos cantos das paredes caiadas de branco. A líquida, possível alimentação, descia pela garganta dela em corredeiras, sem obstáculos naquele corpo morto-vivo.

Com a inconstância na melhora, rotina no tratamento, as visitas à cata de novidades foram dispersando e, no fim de quatro semanas, Jacinto via-se quase só.

À noite, os sobressaltos não o deixavam dormir. Ao seu lado, o mesmo respirar constante; acima, os olhos viam pelas frestas, durante a madrugada, as aves que pousavam no telhado ao anoitecer, para logo no amanhecer levantarem voo.

No silêncio da noite, na semiescuridão, ele vagava pensante pelos caminhos mais próximos. Viu no espaço estrelado um véu negro a cobri-lo ponta a ponta: passou a mão em concha nos olhos, pois sentiu a cegueira; acompanhou às margens do rio o percurso da lua que resplandecia em inúmeras contas de diamantes floridos, que, brilhantes, ele quis apalpar na água, mas que lhes fugiam por mais que tentasse segurá-los entre dedos. Sentiu no calor da noite, não acreditando nos olhos: as águas faziam retorno e, em fração de segundos, corriam ao contrário. Duvidou de si e da virtude sobrenatural de sentir as mudanças da natureza, enquanto Jacira, sua mulher, penitente, desde os primeiros momentos não pudera fazer nada. A claridade da manhã o fazia sempre esquecer as brincadeiras que o conjunto de seres que formam o universo faz quando o mundo dorme.

Embora uma vez, creia, ele tentara. Médico candidato, depois de palavras que prometiam, suando, saiu do palanque da praça rodeado de ajudantes e acompanhantes, entrou na casa de Jacinto e, diante de olhares humildes, disse que, se fosse eleito, a curaria. O tempo e os afazeres de candidato eleito levaram as promessas ao esquecimento.

O ventre de Jacira estancou no crescimento e minguou a vida que desabrochava. O corpo dela na quietude estagnou no tempo, escarmentado.

Em princípio de janeiro, as festas animavam a fuga anual que a realidade diária escondia entre as folhas cortantes dos canaviais. Festejavam agora os cetins que os comerciantes traziam de cidades distantes, contrabandeados em lombos de burro, através de caminhos agrestes, burlando ou propinando guardas que porventura encontrassem pela estrada.

Em Bananeiras, somente a casa afastada do lado do rio perene permanecia indiferente aos regozijos da animação; sentado na calçada nua, o olhar de Jacinto perambulava pelo horizonte nas visões reais.

No terceiro mês, as diferenças na vida que não curava somente se ajustavam às peregrinações de Jacinto. Ele andou entre poções milagrosas e feiticeiros benignos que o idoso animal de montaria definhava. No retorno diário, as decepções martirizavam e embaçavam os olhos e a esperança.

Outra vez, ele tentara, pela fé. Padre, pároco de uma igreja distante, nada ajudou, a não ser, como exemplo, a mostrar as imperfeições do mundo.

— Filho, creia em Deus — disse o padre —, procure até nos labirintos.

— Nele creio — disse Jacinto —, mas tem horas que duvido até de mim mesmo.

— Há na vida tarefas — disse o padre — com que estamos relacionados e que nem decifrá-las podemos.

— Por mais que tente — disse Jacinto —, me acho... — E suspirou.

— Além disso... — disse o padre, e murmurou durante certo tempo em língua latina.

— Merda de fé — exclamou baixinho Jacinto.

Entardecendo na estrada que separa a crença do mundo, entre a poeira que deixou atrás de si, a luz traseira do automóvel paroquial acendeu-se e desapareceu, lá longe, na curva que separa tudo.

O dia seguinte, segunda-feira, amanheceu triste e morno como todos os outros nos olhos claros de Jacinto.

— Vou deixar o candeeiro aceso, a porta destramelada, para quando dona Maria chegar cuidar de ti — disse Jacinto, como se Jacira escutasse ou entendesse alguma coisa.

Ainda escuro, montou. Desceu a ladeira, segurando apertado as bridas do animal, rumo à estrada. Encontrou pelo caminho pessoas sonolentas, montadas, tocando à frente animais carregados e mais sonolentos ainda.

Os primeiros meninos, que levantaram mais cedo naquela manhã de Bananeiras, pensaram que o sol se derretia no horizonte ou que nos fins de abril o brilho seria mais ofuscante. O candeeiro aceso, que fez combustão na pequena cama de Jacira, até sobrepujou o sol. O vento soprava e adiantava o fogo que consumia tudo. A ninhada e a galinha manca que dormia no interior da casa eram o começo do desastre: os corpos carbonizados.

Longe, no fim da tarde, Jacinto andou pela última vez na feira. Desamarrou o animal e resolveu partir na esperançosa volta. Arvoredos marcados na cintura pelos cabrestos dos animais suspiraram aliviados por mais uma semana. Árvores mais próximas aos bares abençoaram o tempo por aquele apaziguar de sofrimento de sete dias.

Quando a última barraca de lona foi desmontada, ainda se ouvia o eco rápido, *senhores e senhoras*, do vendedor de elixir, *cura-se tudo desde o veneno de cobras a dores de cabeça*, o vento trágico da tarde soprava lento.

Jacinto, dador de dias, reapertou a sela – *quando Jacira melhorar, compro sela nova* –, subiu no cavalo e troteou.

A tarde morna se acomodava. No cascalho fino, arenoso, ele ia rápido que ultrapassava as lentas – *boa noite, tua mulher está melhor?* – pessoas que tocavam à frente – *vai como Deus quer* – animais encaçuados, carregados do comércio que ia e vinha semanalmente.

O vozerio dos passantes – *boa noite* – no encontro não tirava, nem o sacolejar da montaria, a precisão de pensar no tempo. Com a noite clara, o vento veio devagar, uivando penetrante na sequidão da estrada. Plantas já começavam a assustar viventes homens transformando-se em animais horrendos. Jacinto, acostumado com a noite, conhecia os caminhos e sorria das visagens imaginosas nas cabeças tontas e divorciadas daquele mundo.

Jacinto esporeou levemente o animal – *tenho fé em tudo* –, verificou o volume que o vidro de elixir – *senhores e senhoras cura tudo* – fazia em seu bolso esquerdo. Agarrou-se às crinas do cavalo – *vam'bora* – e galopeou.

Aproximando, na penumbra, não tivera necessidade de entreolhar-se para perceber que havia mudanças. As paredes tombadas e enegrecidas completavam tudo. Apeou-se e continuou andando, puxando o cavalo em rédeas curtas. Atravessou a multidão cansada de esperá-lo e apreensiva em relatar pormenores. Não escutava os murmúrios. No quarto, viu, entre escombros, o corpo de Jacira, que permanecia intacto, somente as roupas diluíram-se e somente a vida – Deus! – que pouco lhe restava tinha fugido.

— Nem parece morta! — disse alguém.

Era verdade. Do rosto pálido, só faltava correr livremente o sangue.

Jacinto abaixou-se e beijou-a na testa. Olhou-a com adeus. Caminhou calmamente até sentir que corria. Penetrou no matagal, entre espinhos que a roupa ficava, retalhando-lhe o corpo.

Jacira desapareceu na mesma noite sem ser tocada por ninguém do lugar. Alguns incrédulos não acreditam quando se conta que seu corpo flutuou, voou sobre as asas do vento e, entre auréolas resplandecentes, desapareceu sem vestígio algum, deixando no ar uma coloração irreal que a própria natureza, pelo vento que soprou forte, fez desaparecer incontinente.

Alguns acreditam e dizem que em Bananeiras nascerão flores coloridas, sim, amarelas e vermelhas: flores da violência que engolirão a si mesmas e combaterão o medo dos canaviais.

Não faz muito tempo. Ali restam os escombros da casa incendiada. Agora já nasce, num canto ou outro, algum vegetal daninho, mas que ainda não reproduz flores.

4. CIRIACO

Se desgosto fosse mal maior, eu, Ciriaco, filho de Alpineu e Elvira Martins, já estaria era velho de cabelos brancos, trocando palavras na fala, engatinhando como menino novo nesses trinta anos. Que já vi isso aqui possuído de engenho de rapadura, moendas virando noite e dia, jegues cambitando cana sem parar, isso vi. Depois, esse povo de bosta que agora só anda dizendo que eu tenho pouca latinice, não era puxado do velho Alpineu, só dizendo isso e mais coisas, sem nem mesmo estarem cientes de que aquela terra que se espraia a perder de vista, agora de pertence do coronel Gercílio Batista, antes era posse do velho Alpineu. Não sabem que o velho Alpineu, quando nem pensava em morrer, isso lá vai uma era, estorricou o canavial no cobre, botou dinheiro a juro com o próprio coronel Gercílio Batista e foi comendo de pouquinho, comendo também o dinheiro emprestado, pois o juro era sovina, com mãe Elvira, até quando ela também bateu a caçoleta e se foi pra terra dos pés juntos. Só ficou essa migalha do que era antes, o que se presencia com as vistas até a beira do rio. Coisa de pouco porte.

Quando dei fé, estava só no mundo – só é modo de dizer, só de pai, mãe, parente, que é bicho que aproveita da gente. Estava com o que restou da sabedoria do velho Alpineu, é assim no dizer desse povo, vocês já sabem de que laia é esse povo, vê: uma rocinha na beira do rio Bananeiras, que por praga de satanás só tinha moitas de cana fina, que nem garapa dava. As moedas foram se enferrujando, perdendo o brilho, e elas não conto mais como posse. Deixou o cachorro perdigueiro dele, chamado Peri, isso lá é nome de cachorro? Tentei mudar, mas o desgraçado não atendia se não chamasse ele assim, fui quebrando a cabeça por uns tempos, depois deixei de lado. *Sai, Peri. Vai se coçar noutro canto. Diabo de cachorro.*

Esconjuro do velho Alpineu e de Elvira, que quando eram vivos esqueceram que eu existia. Esconjuro das migalhas que eles deixaram, que só me fizeram mais pobre, mais pobre não podia ficar, e a raiva descoberta agora em Peri, de cachorro de qualquer espécie, manso, bravo, do que só fica madornando nas portas das casas sem o que fazer, atrapalhando qualquer cristão que passe por aqui, que entre ou que saia. Em cada canto um, em tropa, deitados, sonolentos, olhos remelentos de sono, ou aquele que fica rosnando preparando bote feito cobra.

Quando o milho pendoava, soltando espigas (a safra), todo mundo dizia que coisa bonita de ver, fiquei vendo. O povo gargalhando, bebendo, safra melhor nunca teria tal e qual, quem me deu uma ideia foi Bernardino Santo, prosa escutada de longe (ando procurando não ter certa mistura com essa gente), que falou: *Precisa de um homem de pulso para dar fim nessa cachorrada da rua antes que eles arruínem a vida da gente*. Escutei e saí já pensando. Isso me atinou por uma semana se muito. Fiquei nesse pensamento. Sentado na cadeira, ouvido encostado no rádio, repetindo as palavras de Santo. Matutei como fazer durante um mês, por aí. Preparei os apetrechos, o que levou outro mês. O milho pendoou, colheram, entregaram a meia ao coronel Gercílio Batista, venderam o resto, o povo se enfeitou pra festa de janeiro, roupas novas, sapatos brilhando e chientos. A festa passou, o riso foi se apagando, capinaram novamente a terra, plantaram, o milho foi brotando, a chuva sendo aguardada pelo povo e pelo coronel Gercílio com mais ansiedade.

No fim desse tempo todo, me precipitei em Peri. Sem ciência, sem nada. Raiva, posso dizer. Com a antiga espingarda de cano longo do velho Alpineu na mão (homem desgraçado, outro desgosto nessa espingarda do tempo do fuça, é preciso jeito pra fazer funcionar), peguei pedrinhas da beira do rio, redondinhas, que é muita que dá por lá, enchi o cano da espingardinha até o ponto de estourar e me fazer uma arte. Chamei Peri no fundo do quintal, ele veio se abanando, ganindo com prazer, procurando amizade. Porventura se lembrando do velho Alpineu, que sempre levava ele pra caçar quando aqui era bom de caça.

Então, ele veio se balançando todo, festejando, mandei ele ficar quieto, *não se bula, Peri!*, ainda desfiz a pontaria na mexeção dele; errei três dedos da cabeça, pegou no cangote rasgando, largando lasca de couro, o sangue vindo, o rombo eu achando de pouco porte, pois deu tempo a ele ganir de dor durante uma hora no calor da tarde. Não dei outro tiro, outra chumbada de misericórdia, pois ia ter precisão de buscar pedras lá no rio. Achei que era muita precipitação de minha parte gastar à toa um punhado de chumbo e pólvora numa coisa quase morta. Esperei sentado na fresca da varanda, só olhando Peri querer viver. Se bateu pra esquerda, pra direita, de frente, se jogou de costas, foi parando, a pele sã ainda se mexendo, ganiu baixinho, quietou.

Toma cachorro filho da puta, ainda disse. Depois, fui arrastando enojado, *toma teimoso!*, o corpo do maldito perdigueiro pras moitas de canas, lá embaixo, no fim da roça. No outro dia urubu fez festa, isso fez.

A segunda brincadeira foi com a cadela de Deolinda Faria, aquela velha que morava no alto do cemitério, sozinha. *Deolinda logo vai ficar sem companheira*, eu disse sem raiva. Pois foi. Aí foi no preparo. Com muita calma. Com ciência. Sabedoria dos mais velhos. Coisa passada de pai pra filho, que nem sei como chegou nas minhas mãos, pois o velho Alpineu não era dessas traquinagens. Era homem cheio de cerimônia, homem que tinha coração gelado pra filho, mas só pra filho. Não era dessa brincadeira que ando fazendo agora. Isso é meu divertimento, minha satisfação. Imagina se eu fizesse isso com gente? O que não iam dizer? O que não iam falar? Pois, sim, faço em bicho bruto.

E na preparação de acabar com os cachorros, danava a desenhar na cabeça o meio mais fácil da ocupação, o jeito mais difícil de ser descoberto. *Ah, a velha Deolinda, dona da cachorra que vivia bestando aqui em casa por causa de Peri, encegueirada querendo se engatar, lutrida pra o lado de Peri, saliente a danada, pois espera que ela vai ver!*, ainda comentei aqui comigo. A desgramada da cachorra ia triscar na erva-de-rato, que é coisa bonita de se ver; dá até vontade de provar, de tão corada que fica a mistura quando ela é pisada, amassada com a mão de pilão, devagar, devagarinho, que é pra não soltar o veneno. Aí, depois do preparo, é que começa a sabedoria da coisa. Um sem cabeça vai logo dando a mistura para o animal e vem a tristeza. Ele nem vai ligar pra aquele montinho de mato amassado no chão. Quem já viu cachorro, por besta que for, comer erva, mato verde, sem sentir a barriga desregulada? Quem? Aí é que vem a ciência como acabei de dizer. Por isso vivo dizendo aqui comigo que a gente precisa estar satisfeito, gostando das coisas que faz, senão o que iria me fazer ir lá no alto do morro, subir pedras atrás de pedras, me arriscando a ser mordido por cobras venenosas que há muita por lá, aguentar esse sol de rachar na testa, quando bem podia ficar no meu quieto, na sombra, sem pensar em nada, e ainda ficar lá em cima procurando essa tal erva-de-rato, que tem muita planta igual, parecida igual irmão gêmeo, mas nenhuma é como a tal? Ficar lidando com mato, atrás de moita de capim, me arriscando a mexer até sem querer com ninho de marimbondo? Então, só tendo gosto pelo que faz. Por isso, sempre penso assim.

Assunta agora no preparo. Nem precisa fazer amizade com o animal. Se quiser, que faça. Cachorro é bicho que vive faminto por natureza. Agora vem a ciência. Para isso é preciso disposição do fulano. Levantar cedo é uma delas. Tudo tem suas tarefas. Antes de o sol raiar, sem esmorecer que o trabalho é de muita lida, chegue no curral, com jeito de quem não quer nada, cara de madrugador sem sono; fique olhando os marchantes irem desfiando os bois, a carne de primeira pra um lado coberto de folhas, tirando os ossos descarnados pra outro no chão, limpando o couro e estirando ele no varal de madeira. Pode até pensar em ajudar no espanto dos urubus que andam rodando por lá; é um favor que você faz. Tome bem cuidado; fique de olho nas galinhas, pois elas podem sair arrastando nos bicos o que é mais importante: as tripas. O outro olho use no disfarce na hora de pegar. Esse povo é ressabiado. Se vê? É capaz que no primeiro cachorro que apareça caído aí na rua o falatório tome conta do seu nome. Traga as partes pra casa sujas ainda de estrume, não faz mal, cheirando a capim remoído.

Nisso até me lembro do velho Alpineu. E nessa prosa, quem pode esquecer o negro Antonio Dantas, negro muito safado que chegou pedinte um dia de tarde, aqui na varanda da casa, molambento, cheirando a terra e mijo? E o velho Alpineu mostrou nesse dia que a frieza do coração dele era mais pra filho, parente de sangue, e não com gente de fora. *Mande o negro entrar pra dentro*, ele disse, *que por mal lhe pergunto diz a tua graça*, completou olhando firme no negro.

Antonio Dantas lá do grotão da Macambira, rodando mundo atrás de peleja; não sou fugido de crime, não, sirvo o senhor no que for preciso, ele respondeu com a cabeça baixa olhando os pés descalços.

E assim, Antonio, ficou Macambira chamado. Bom de serviço, não enjeitava uma labuta por pior que fosse. Carregava água do rio como se fosse mulher, sem reclamar, sem cara feia, até quando começaram as moagens, que nesse tempo aqui era a sustância dessa terra, aqui brilhava que fazia gosto. Vinha gente de muito longe implorando serviço, *pelo amor de Deus*, que aqui além do ganho que não era muito tinha direito a uma ou duas rapaduras, dependendo da boa vontade do velho Alpineu.

Aí, Macambira ficou de agregado, por primeiro puxando cana no lombo de jegue pra fornecer às moendas, que pouco paravam, enchendo o coxo, serviço de cambitagem. Depois, outra lida pela vontade doida que ele tinha de aprender a preparação nos tachos de cobre, indo da garapa até endurecer o caldo, chegar no ponto de despejar o melado grosso, fervendo, já se endurecendo, a quantidade certinha sem passar de mais ou menos, a alquimia da preparação.

O velho Alpineu acreditou na força de vontade dele e foi botando ele pra aprender. Quando era madrugada ainda, escuro alto, quem ia tocar bois pra junto das moendas, verificar a limpeza dos tachos? Negro Macambira na certa, turvo como a noite, era quem fazia isso.

Mas aí vem o importante desse caso. O velho Alpineu já andava meio ressabiado com a lutrição de Macambira, o negro botando as manguinhas de fora, andando com ares de imponência, querendo desmandar das suas palavras. A água entornou do vaso quando Macambira, por descuido, deixou o facão do velho Alpineu cair dentro do forno, até hoje não sei precisar bem como foi, ele sem ficar ciente, o facão escorregou, caiu, as brasas afofaram ele.

Bem, o velho Alpineu, de manhã bem cedo, já acordou caçando o facão por tudo que era canto. Fez redemoinhos dentro de casa, todo mundo aflito: *Quero meu facão, bainha e tudo*, dizia o velho, *e já!*, gritava.

Foi quando Santina, lá da cozinha, disse: *Dando o meu parecer, vi ontem, já tarde, Macambira passar por aqui todo saliente com o dito facão na cintura*. Pra quê. O velho Alpineu ficou vermelho, a cor meio branqueada dele se afogueou. Ele desceu as pedras que serviam de escada na varanda do quintal num pulo só. A gente de longe via as carnes dele se tremerem com tanto ódio, quase babando.

Velho Alpineu entrou no engenho e foi logo gritando: *Quero aqui agora esse negro filho da puta*. Nesse momento Macambira foi saindo detrás das moendas, até chupando um taco de cana (o negro tinha uns dentes brancos, de botar inveja em gente que usa dentadura). Foi saindo já meio trêmulo e disse que só tinha a bainha, o facão mesmo ele não sabia onde tinha ido parar; Alpineu chamou Zé da Tota, que era tocador de bois nas moendas, gritou por Otacílio, provedor de tachos, gritou por lá sei quem mais, e mandou amarrar de corda Macambira no mourão que servia pra segurar burro bravo na época de domação.

Me solta, corno, estrebuchava Macambira; *corno é você, seu negro safado, quer ser gente branca, toma teu lugar*, Otacílio disse já se aproveitando das intriguinhas que ele vinha guardando por longo tempo. Mais por fim, Macambira nem se estrebuchar estrebuchava mais. Ficou por muito tempo quieto, só chorando que não matassem ele.

Rebuscaram o engenho de cima a baixo. Nada do facão. Alpineu dizendo que solingen igual aquele, com marca ferrada na lâmina, tinha vindo da Europa, coisa digna de possuir, não era para um negro filho da puta daquele dar sumiço sem mais nem menos. E procura de lá, procura de cá, revira cama de Macambira, desvira colchão, caça dali, caça dacolá. Nada.

Esse negro fez foi roubar e escondeu no mato, Alpineu disse; *não roubei, não, juro pela minha mãe, alguém deve ter feito isso pra me culpar, seu Alpineu*, choramingou Macambira; *ainda culpa outras gentes, esse ladrão safado, e ainda jurando pela mãe que nem tem*, gritou lá pras bandas dos tachos o velho Alpineu cada vez mais se avermelhando, a ponto de arroxear.

E foi assim que começou o sofrimento de Macambira. Nem disse nada, pois se dissesse um tico de coisa ia chover marimbondos pra cima de mim. Fiquei no meu quieto. Zé da Tota, a mando do velho Alpineu, foi buscar os apetrechos de fazer cerca, que ficavam numa bolsa pendurada na varanda da casa.

Não vão fazer besteira, disse Elvira para o filho da Tota, como se ela falando iria mudar ou fazer desaparecer, como visagem na beira de estrada, a raiva do velho Alpineu. Fez foi piorar quando Zé da Tota transmitiu direitinho o recado. *Ela manda na casa e eu mando nela*, ele disse, já agarrando um alicate de arrancar grampos, ferrugem consumindo o ferro, na bolsa de couro que Zé lhe entregava.

As mãos do velho Alpineu tremiam a ponto de não sustentar o instrumento. O nó na garganta dele subia, descia, subia, querendo saltar; negro Macambira afogueado, suava com jeito de se derreter na amarração das cordas e deixava o seu choro ir alastrando no rumo do mato, sem direção de canto, pra todo lado. *Negro cafajeste*, balbuciava Zé da Tota já cansado, as vistas doendo, na procura do dito facão. Otacílio já queria dar umas lambadas em Macambira se aproveitando. *Agora você vai ver o que é bom pra tosse, negro retinto, filho de cão*, disse explodindo velho Alpineu.

O suor de Macambira descia ligeiro pelas costas, braços, pernas. *Ele se mijou ou se obrou*, disse Otacílio, já se aproximando para o lado do mourão, fazendo gatimônias para o lado do negro, que de tanto medo nem chorava.

Aí começou o suplício de Macambira. Me arrepiei todo e saí caminhando para longe com receio, cauteloso, do velho Alpineu me chamar pra fazer parte da judiação. Só quero lembrar que o que me dá prazer é cachorro, cachorro, sim. Homem de alma, gente igual a nós, osso e pensamento, isso não é do meu feitio. Esconjuro, até, da maldade do velho

Alpineu, pois, se fosse alguns desses cachorros que ficam lambiscando torrão de rapadura, bem que podia, sim. Mas gente, a coragem não dá, me falta, os nervos me tremem, fico fora de mim.

Pois, saí. E se relato o martírio de Macambira não foi por ter visto, presenciado tudo, que esses olhos que tenho, que me ajudam a ver as coisas, estavam longe quando o negro começou a gritar: *Pelo amor de Deus, pelo amor de sua senhora santa mãe, de tudo desse mundo, não faz isso com eu.*

Relato aqui as palavras de Otacílio, que me contou, depois do caso acontecido. Velho Alpineu agarrou o alicate com as mãos suadas, trêmulas, *só vendo, seu Ciriaco*, e grudou na unha grande do pé de Macambira.

Diga a verdade, negro tição, ele disse baixinho se espumando; *não sei do facão, não, seu Alpineu, juro por esta luz que me alumia aí de cima*, urrou Macambira se contorcendo na amarração.

As cordas foram se afrouxando, mas Zé da Tota, prestativo, deu um arrocho no laço. Macambira sentiu as cordas entrarem na pele que chega arrancou cabelos do braço.

Velho Alpineu insistiu: *Não vai dizer, não, Macambira*, e puxou com força de bicho bruto o alicate. Macambira soltou a voz, um grito que estremeceu, tremulou no alto do engenho, rodopiou como aboio de tocar animal de corte para o matadouro.

O pé esquerdo de Macambira era uma poça de sangue, aquilo misturado com os bagaços de cana moída, lambuzando ainda mais o chão melecado de estrume dos bois puxadores de moendas.

Aí, Santina, que tinha vindo presenciar o suplício a mando de Elvira, foi a salvação do negro Macambira, seu Ciriaco, me contou Otacílio. *Ela virou o rosto de lado pra não observar as feições sofridas de Macambira e foi vendo aquele brilho mais forte dentro do forno, por baixo dos tachos, brilhando feito estrela nova no céu, a ponta da lâmina se sobressaindo, claridade de doer nas vistas; aquela brasa com jeito de tição vermelho, mas que não era.*

O solingen brilhou nos olhos de Santina. *Olha o facão aqui, seu Alpineu, achei,* ela disse.

Velho Alpineu nem escutava, de tanta raiva. Foi preciso que Zé da Tota, que nessa hora já sentia dó de Macambira, com muito custo, repetisse as palavras de Santina. Logo, com uma enxada afastaram as brasas. Macambira olhava com jeito mais resignado, agradecendo a Deus, *que santa Luzia dê vista boa a Santina por toda a vida, todo o sempre*, agarrado ao mourão suado do suor dele.

Eu, seu Ciriaco, foi quem puxou o facão de lá de dentro, no meio das brasas, me relatou Otacílio. *Chega os olhos de seu Alpineu brilharam de satisfação. Pois foi assim, seu Ciriaco. O resto o senhor presenciou. Macambira por dois meses não caminhou nada com os pés lá dele.*

Agora que o velho Alpineu foi embora lá para os quintos do inferno, sempre vem a lembrança desse desgosto, dessa hora de judiação em Macambira. Cachorro, cachorro, sim, é minha arte, chamo até de prazer. Essa vontade de fazer traquinagem, essa vontade de sangrar cachorro que até se mistura com outra vontade que tenho aqui guardada comigo, bem dentro do coração, que é de me largar por aí pelo mundo, deixar essa terra de merda, pois basta um milharal pendoar, já vem de lá o povo dizendo: *Tão bonito, nunca vi igual*, e ficam gargalhando, bebendo, gargalhando. Esse povo de bosta, bebendo por uma alegria que na primeira quentura do sol lá em cima queima tudo, desde pendão de milho novo até carrapato, passando pelo feijão-de-corda já florindo. Seca a nascente, seca não, que esse rio Bananeiras nem em 1932 secou, assim o finado Alpineu contava nas histórias lá dele.

Vontade de me largar pelo mundo, quem sabe até comer o pão que o diabo amassou, zanzar até encontrar uma felicidade, pois a dita felicidade eu só encontro aqui quando...

Enfim, já era hora de aparecer a cachorrinha bonita, lustrosa: *Entra, vai entrando, a casa é tua. Entra, Peri tá por aí, se saiu logo deve chegar. Entra, tá com fome, bichinha? A velha Deolinda não tem te dado comida? Toma, bobinha, sacia tua fome, essa tripa de boi tá cheirosinha, fresquinha, tirada do ventre de garrote na manhãzinha. Vem, tolinha, só fareja?, tá com medo?, tem medo não, vê, ainda tem um sangue nessa tripinha macia, vai, sem dó, assim, assim, gulosa, não vai se engasgar, então, agora vai saindo, vai, cachorrinha, vai estrebuchar de dor lá perto da tua dona, ali no alto do cemitério, vai, você não tá ainda se cegando?; a tripa ainda não estourou no teu bucho, não?; vai, sai, nem reza da velha Deolinda vai ajudar mais. Você vai pra onde Peri já foi há muito tempo. Sai, não se faça de besta, vai logo desgraçada. Se o povo nojento desse lugar te ver saindo, te ver aqui, vão me culpar. Sai, fubana, logo o sumo vermelhinho do veneno vai sair escorrendo pelos cantos da boca; vai sujar a casa?; não, não quero sujeira aqui. Vai ser preciso chutar essas ancas magras de quem morre de fome. Sai, comedora de carniça. Não adianta ganir, chorar com esse lamento de cachorro preso.*

Do alto do cemitério, voando baixinho, vindo, indo, ecoando rua abaixo, o grito de Deolinda se junta ao urro da cachorra, as duas num clamor só, gente chegando condoída. *Foi cobra, Deolinda*, alguns perguntavam. *Sei não, não parece, deve ser arte de alguém*, Deolinda respondia e gritava: *Quem vai me fazer companhia agora?; deve ser veneno, aprecia a baba dela, coitadinha!*

E foi chegando mais gente. Nesse meio, surgiu Serafim Dutra, entendedor de cachorro. Logo segurou na cabeça do animal, abriu a boca escancarando, olhou a língua, os olhos avermelhados e dentro da goela gosmenta. Serafim olhou desconfiado a indisposição da cachorra, passou a mão no pelo procurando no corpo todo alguma marca de ferrão, jeito de mordida de cobra. Nada achou.

É bolo de erva-de-rato, ele disse.

Fui gargalhando, lembrando da cara de Deolinda. Gargalhando, lembrando das feições de Serafim, *é bolo de erva-de-rato*, repisando no prazer que isso me dá, esse mestre na arte traquina.

Então, de noite, dava meu aparecer nos quatro cantos das ruas sujas daqui. Ia preparado: bolsa de guardar tranqueiras do finado Alpineu jogada nas costas, me esquivava das sombras que porventura ainda passeavam apressadas durante as horas escuras, só alumiadas pelo fiozinho da lua. Seguia a noite como ela anda no vagar das horas mortas, ouvido na escuta para cachorros que perambulam nas ruas, farejando e caçando algum resto de comida, osso descarnado que fosse.

Olha, toma, neguinho, vem, a fala baixa no silêncio. *Num late, não, assim você acorda as ruas*; ele abanando o rabo, procurando amizade, um carinho de cão sem dono. *Anda com fome?, toma, sacia o roncar do teu estômago, toma neguinho*: a lua, ora clareando com as nuvens se safando da sua volta, desfazendo o círculo e deixando chegar a claridade, ora voltando a escurecer com nuvens negras de chuvas que passam ligeiras encobrindo o fachinho de luz lá em cima, pendurado. *Nem precisa mastigar, neguinho, nem precisa, engole de vez*, a fala sussurrando. *Quero livrar esse povo de bosta de dar sustância a mais boca, quero que eles se livrem dessas bocas latidoras no meio da noite, sem serventia*, o abano na cauda aceitando a amizade. *Vem agora você, negrinha, está entojada, barriguinha grande de muito filho, não procria, não.*

Vendo e revendo, numa noite só, o estrebuchar agonizante, as pernas bambas deles, derreando o corpo sem firmeza, o jeito preguiçoso depois da comida que engoliam com avidez e fome de três, quatro dias. Agora, então, sinto um imenso prazer, que me sobe pela espinha até a cabeça. Vou gargalhando baixo, baixinho, medroso de a rua se alumiar nas janelas e escutarem os meus passos pisando com vagar, jeitosos, deixando o rastro nas ladeiras da rua.

Expulso a pontapé o primeiro que amanhecer na minha porta, vou remoendo nervoso. Piores são aqueles que só vivem na falação de vida alheia: *Que Ciriaco não presta; não puxou em nada ao finado Alpineu.* Outros querendo montar nas costas dos mais fracos e, aí, deixam o coronel Gercílio Batista comer as forças deles, que faz bem, rindo da miséria deles: deitado na varanda do casarão lá dele, portão trancado que é pra não entrar pedinte, esfomeado atrás de adjutórios. É um casarão no alto do morro pintado de vermelho com faixinha azul de um canto a outro. Antena de dez metros na cumeeira da casa livrando o rádio de chiada, protegendo as músicas, que tocam por lá. O coronel imponente, bunda grudada o dia todo naquela rede de trançados, se balançando. Só vendo o caminhão Ford dele zunir na frente, o eixo afundado na areia, as molas moles pelo peso das cargas de farinha, feijão, milho, cada mantimento no seu tempo de safra. O caminhão só roncando ligado, o coronel apontando com o dedo, sem mesmo se dar ao trabalho de levantar o corpo, para os agregados dele, o que se devia fazer.

Um suquinho de maracujá, seu coronel?, dizia Santina, que largou essa casa assim que Elvira fechou os olhos. Quando o convite da mulher do coronel Gercílio Batista vinha vindo, ela já estava arrumada e indo sem nem mesmo pedir satisfação. Nunca mais pisou os pés aqui, nem mesmo em época de festas de janeiro pra rezar os terços dela. Minto. Passou aqui em frente carregada num caixãozinho de madeira, feito na hora pelos agregados do coronel, que levaram ela para o cemitério aqui da rua. E quando ela passou aqui na frente, carregada, senti a traição dela mais forte e lembrei de sua prosa, falada naqueles cantos da cozinha do coronel: *Aqui, sim, tem fartura. Lá, depois do passamento de seu Alpineu, depois da dona Elvira, aquilo só vai pra trás como caranguejo. O Ciriaco não tem pulso forte.*

E o coronel Gercílio Batista nem piscou os olhos por causa dela. Pois fez muito bem, continuou na vidinha dele, sentado na rede se balançando. Vinha outra pessoa: *Um suquinho de maracujá, seu coronel?*

Nessa época, comprou um caminhão mais novo, amarelo, com dizeres no para-choque, escritos em tinta vermelha: "Guiado por mim, dirigido por Deus". Vivia carregado de farinha, rapadura, feijão, e sua buzina alta espantava jegues no meio da estrada. Na rede, o coronel continuava baforando cigarro de filtro, marca boa vinda da capital. Mas ele não perde por esperar.

Perto dele, imagine agora a quem ando na espreita? Parecendo vigilante, atenção voltada pra rede que balança devagar, mas dormitando despreocupado, o resfolegar tranquilo da barriga cheia, o olhar fechado, abrindo, fechando, se lacrando na madorna do calor da tarde, o rabo comprido e peludo, as orelhas deitadas sobre a cabeça e, vez em quando, se balançando todo e espantando as moscas varejeiras que fugiam do barulho do motorzinho da casa de farinha que não parava, não se estancava no lado da casa dia e noite: ali, o cachorro perdigueiro do coronel Gercílio Batista.

Nos pensamentos, criava ideias, as vontades se formavam. Ando esperando a chuva, que não vem, a natureza na enganação. Ando esperando só a hora certa, a preparação das nuvens negras que toda noite passeiam aí por cima, que encobrem a lua cheia, que parecem segurar essa fedentina de quinze cachorros mortos numa noite só, que foram todos para os barracos do morro, cova rasa de palmo e meio. Mas, vejam, estancou essa danação de latir, uivos madrugada afora. Deu fim também ao meu prazer que se consumiu agora no findar de todos os animais.

Ficou o gosto: andando nessas ruas escuras, que conheço pedra por pedra, montinho por montinho, dava ainda pra ver e relembrar o estrebuchar deles como se tivesse umas músicas tocando, tocando sem parar, e eles estivessem dançando essas músicas na hora de se arrastarem no chão duro, uivando baixinho, doído, a vida se afastando junto com as torções do corpo aflito, querendo vomitar a erva-de-rato que vai estourando bem dentro da barriga.

Contam que o veneno começa a queimar como urtiga ou cansanção bravo, e eles remexem as pernas no desespero, olhos vidrados, vermelhos brilhantes, ainda mais com a claridade da lua.

As vistas dilatadas no desespero da morte, parecendo sapo-cururu, olhares voltados para mim no dentro da noite só parecendo dizer: *Me salve, seu Ciriaco. Cuide de mim.* Ganiam. No movimento de ganir, se arrastam no chão pedregoso, cavando o chão com as unhas, que se gastam no barro seco, como se ali debaixo da terra empoeirada ficasse a salvação.

Toma, cachorro danoso, toma, cachorra fubana prenha de muitos filhos que iam empestear o mundo, que iam latir pelos trechos altos das ladeiras, pelas ruas, madrugada afora cansando o silêncio, pelas portas da igreja, querendo as coisas, choramingando com os olhos pedindo comida. Vocês não têm direito a nada, nada, digo gargalhando baixinho, rindo de chorar lágrimas, mas sem dó de ver uma cena no dia seguinte bem cedo: cachorro na porta da igreja estirado morto, o portão de madeira todo arranhado de unhas; cachorro na beira do rio, a barriga dele empanzinada da água doce bebida às pressas, a baba gosmenta saindo da boca, vermelhinha.

Ou podia até ser verdinha como capim, mas isso se na minha ciência o preparo fosse de cabrinha, uma rama difícil de encontrar no alto da serra; ou até mesmo a salivação branca como leite, aquela gosma branca sem cor, parecendo água, descendo do queixo do animal já morto, se caso fizesse serventia de mandioca-braba, que é mato que se tem muito por aí.

Mas cachorro tem também um pouco de sabedoria. Alguns conhecem o cheiro de longe. Por tudo isso, não é do meu feitio fazer uso de certas plantas fracas. Penso na agonia de sua morte. Se demorar a morrer, o animal, na aflição, pode se jogar n'água e ficar preso nas raízes de gameleira aqui do rio, no fundo da casa lá no fim da roça e, daí, vai sujar a água com aquela fedentina de cortar com facão. Fica, então, aquele cheiro de animal morto em lugar molhado, que é coisa que fica grudada na água de beber por muitos dias.

O perdigueiro do coronel Gercílio Batista não se cansa de esperar. Ele espera por mim enquanto ando esperando que essas nuvens de chuva se decidam em precipitar para a terra. É hora, o tempo marca. Vou esperando aqui como o perdigueiro espera lá. A vontade de não esperar a chuva coçando no meu juízo. Aquilo mexendo no pensamento, entrando no meio dos miolos, dois pensamentos entrando juntos, brigando lá dentro, dizendo um: *Vai, homem. Pra que esperar a chuva?* O outro lutando: *Sem chuva aquilo é muito vigiado. Espere a chuva, pois logo ela vem. Coisa de dias, espera. Calma, homem.*

Decido esperar a chuva. O rádio de pilha ajudando a desvanecer a raiva que guardo comigo bem dentro, ajudando a escoar as horas que se encompridam na espera da chuva.

Música de sonata entra ouvido adentro, o peito pulsa forte, a chuva que não vem, e eu me vendo numa paisagem futura: a chuva enche o rio e cobre as raízes da velha gameleira; procuro as partes mais rasas nas águas barrentas, que caminham ligeiras, apressadas no rumo do casarão do coronel Gercílio Batista; nessa hora da tarde, ele deve estar apreciando o rio lá do alto do morro, deitado na rede, o perdigueiro ao lado espanta moscas abanando o rabo.

Me vendo mais ainda: atravesso o rio, evitando as corredeiras mais fortes, cuidadoso em levantar as mãos para o alto, já que carrego a sacola cheia de minhas ciências, cada qual mais apetitosa, para perdigueiro nenhum botar defeito.

Os homens agregados do coronel, sei, estão recolhidos nas casas cheias de pingos, goteiras abertas, preocupados com outras coisas mais importantes. Meus pés pisam o barro mole, a chuva bate nas costas, procuro jeito mais maneiro de chegar na varanda do casarão. Noite de breu, turva, coberta de pingos grossos, ligeiros caindo, o perdigueiro rosna desinquieto com presença estranha.

Quieto, neguinho, toma, eu vou dizer.

Olho pela janela a preparação no céu, a chuva que logo, logo começa. O rádio fala em meio a chiados, a voz do homem lá dentro vindo de longe, sumindo, aparecendo, sumindo, sumindo. A falação do homem entre uma música e outra, a revolução em São Paulo, no Rio, em Belo Horizonte, em todo canto. *Jango fugiu, tudo na maior calma*, o homem do rádio dizia. *Os estudantes*, a voz ia sumindo dentro do rádio, *os estudantes*, aparecendo a vozinha fraca.

Nessa hora, lembro o velho Alpineu, o desgosto que ele teve na escola lá em Itinga. Eu tinha era memória fraca como alguém disse, mas não era, não. Alpineu voltou dizendo que era tudo caro, tudo carestia pra aprender na escola. Nunca soube o certo.

Música.

Me vejo no meio dos estudantes, que o homem do rádio havia dito, sem saber nem o que fazer no meio deles.

Música.

Fico pensando também nas revoluções que o velho Alpineu me contava, quando dava na veneta dele, que ele dizia ter presenciado, de homens sendo agarrados dentro das suas casas, arrastados pelas ruas, degolados como frango em festa.

Música.

Quando o homem do rádio falava em São Paulo, que era o canto que vinha por primeiro no pensamento na hora que fosse me largar pelo mundo, parecia ver as ruas banhadas de sangue, de gente implorando piedade, as cadeias socadas de homens, mulheres, o negro Macambira no meio deles, só gritando, uivando de dor, amarrados pés, atadas mãos. *Não fiz nada, seu Alpineu, sou gente*, ele gritava nas ruas de São Paulo, *pelo amor de Deus, de mãe, de Cristo na cruz*, Macambira gritando mais alto, *seu Alpineu, sou gente.*

Esse pensamento vai passando: o rádio na música, o som sumindo.

Na rua, o povo daqui anda é chorando cachorro morto, sem saber nem as coisas que andam acontecendo pelo mundo fora deles, nem rádio chiento eles têm, penso.

Sei que querem descobrir quem seria o perverso que fez malvadeza de morte com os cachorros, tudo morto agora, se quer saber. Amanhã, eles estarão por aí bebendo, gargalhando, bebendo quando há viço na terra, fazendo sacrifício pra ter uma roupinha melhor nas festas de janeiro. Depois, maldizem quando a chuva não desponta agora no pendão do milho, na floração do feijão de corda. De braços cruzados. Esperando que tudo caia do céu. Das graças de Deus, no milagre.

Nisso da chuva, de a água começar a jorrar sem dó, vendo o rio avançar metros por dia, a noite principiar chovendo e varar a madrugada, tenho parecença com as vontades deles. Penso no rio subindo, boiando cobras na correnteza, nele me sinto molhado, ensopado dos pés à cabeça, descendo no rumo do casarão. O peito arfa de prazer, a água do rio aumenta com os pingos que caem, me transportando, me levando para junto do perdigueiro.

Nos primeiros pingos, a preparação quieta, a ciência da erva-de-rato, da cabrinha, do tingui, da mandioca-brava, sobrecarregando a sacola.

E a chuva já vindo das cabeceiras: há trovão, relâmpago clareando a noite, chiados ainda mais no rádio de pilha, nuvens que só esperam ordens.

Pois bem: havendo nuvens, preparação, é certo que haverá chuva. Então, de noitinha, chovendo, o rio criando forma mais avolumada, crescendo, inchando de água barrenta, chego ao casarão: *Ah, neguinho, que molhação nessa chuva de Deus. Neguinho, toma, toma, chega aqui, toma, não rosna não, toma...*

5. VONTADES

Desde que atinou da ideia de se largar pelo mundo, pensou que não adiantava benzedura de mãe, reza na busca da fé ou pedidos, ampliados na boca fechada, balbuciados nas novenas de janeiro. Nada acalmaria a vontade crescente cada vez mais, nem mesmo imploração que esse mundo aí fora é armadilha, pega tudo, desde a lacraia pequenina até touro mais forte, reprodutor de vacaria, bendiga se também o homem, fraco como ele só. Traição em cada canto de esquina – essas besteiras que filho sem miolo acha e que toda mãe com razão diz.

Os viajados, chegados de pouca hora, falavam. Em volta, todo mundo escutando, Jarrê mais. Até tosse comprida em outras gentes que chegaram de outro mundo, de outras terras, ele escutava extasiado, arremedando em pensamento, com inteira vontade de se largar e voltar por igual. Ficava de beiços caídos, ouvindo em pé, na escuta, guardando tudo.

Eles diziam que tudo em São Paulo era formoso, de melhor não havia, coisa e tal: somente guardavam as tristezas, escondidas nos cantos dos pés de porteiras, que ninguém achava. Falatórios bonitos de ruas cheias de carros se multiplicavam em mil na imaginação de Jarrê.

Então, eles diziam dos prédios, grandes, dez, vinte andares, até tocando o céu, dos empregos oferecidos, a escolher, sem calos nas mãos, ganhando bom dinheiro para o gasto e fazendo pé de meia. E mostravam à multidão (Jarrê sobressaía especulando, olhando de perto, cheirando, como é isso?, aquilo?) o relógio de pulso, Seiko, japonês legítimo, comprado a prestação na José Paulino.

Jarrê, no perguntar só por perguntar, quem sou eu para possuir, *qual é o preço?*

Destamparam a radiola nova de nome difícil. Confiaram que não mais de pau de arara. Agora era ônibus que num pulo chegava lá, cortando asfalto de frente, na noite e no dia, como andorinha, pouca parada, livre de chuvas.

Alguns pediram licença, outros não, deu a hora da fome, meio-dia no ponto meio do sol. Por fim, saíram todos, os chegados de novo recebidos como visita em dia de festa, outro preparo.

Jarrê ficou só, só com a querência de ser gente bem. A ideia de partir acumulada no pensamento. Caminhou para a igreja, única construção sólida, já aguentou duzentos invernos, tiros nas grossas portas, fora desavenças lá dentro, até mesmo do vigário que somente vinha de mês em mês, agora vazia. Empurrou a porta pesada, se benzeu e subiu as escadas em direção ao sino pelo balaustrado, devagar. Madeiras rangentes que se balançavam com o peso dele, qual a casinha de Teodoro, perto do alto do cemitério, que qualquer vento bobo põe as folhas de ouricuri que servem de telhado a se arrepiarem.

Os morcegos se alvoroçaram com a visita fora de hora e voaram em bandos para cima, ao telhado, se grudando às telhas. Um mais afoito encostou no sino, ficou tresvariado, amoleceu e sumiu se batendo.

Tarde de quentura, vento sem bolinação.

Jarrê deu desejo de descer e ir para casa. Desistiu. No fim da rua, ele viu, onde qualquer atiradeira de borracha mole consegue alcançar, uma mulher sair da última casa e passar pela calçada vazia de gente e desaparecer mais adiante. A saia comprida refletiu, por instantes, ao sol.

Jarrê olhou a imensidão. Nuvens papudas se indo com vento na popa, se acumulando bem próximo onde ele tinha estado ainda ontem de manhãzinha cortando rama verde para alimentar as cabras paridas de novo, subindo pedras ora valendo o sacrifício, ora não valendo, descendo sem aderência nas pedras soltas. Depois, voltando carregado, entrando na rua de casas de uma fileira só, ele com ares de tristeza olhando a solidão da tarde, as mãos segurando com força a braçada de capim-colonião, d'angola, vagem e duas mangas de vez, temporãs.

Agora, passou os dedos na poeira do sino. Esperou, pensando, o sol se virar de lado, se livrando do meio do céu e fazer o caminho, no vagar, rumo aonde se põe. Os raios entram na janela, direto, se esparramando com jeito de sem pressa, e ensolaram os cabelos se arrebentando nos olhos dele. A luminosidade, fazendo a sombra tomar forma, desce pela calça, devagar, devagarinho, tomando todo o corpo. O jovem piscou na cegueira de dia claro, vendo a rua parada, sem vultos nas calçadas que não eram de pedras redondas como a calçada aprumada, lisa, enfileirada, da igreja. Ruas somente tomadas de gente nas procissões de setembro ou no 2 de julho, época das argolinhas.

Parecia ver: os cavalos descambando e arrancando terra poeirenta pelos cascos afiados. Uma tropa, brilhosa nas cores, repleta de cavaleiros de peitos coloridos. Cavaleiros velozes, indo certeiros, no corredor cercado de bandeirolas. Um cavaleiro, esporando o animal e fixo na sela, olha de banda, se ajeita, prepara a lança curta de madeira, se curva na sela sem bicos, na carreira desabalada. Os gritos de um lado, amarelo cor de ouro, e do outro, vermelho cor de sangue cor da vida, se confundem nos ouvidos sensíveis de Jarrê. Cavalos empinando, patas para o ar. Vivas, que batem e rebatem de casa em casa, sobem ao céu e afugentam o sol.

O sol vai embora, se pondo, e deixa Jarrê sair da igreja e divagar sem sombra para casa. Chegou medroso. Por ser tão tarde, fora de costume, entrou de mansinho com receio. Sentou na cama escutando o vento que pouco bulia lá fora. Mesmo sedento, fome não tinha, receoso pela peia, tirou os chinelos e deitou. Ninguém ainda dormia. Lá dentro, à beira do fogão de lenha, conversavam na quentura das brasas que morriam em cinzas.

Fechou os olhos. Cansado, dormiu. O sono das viagens, dos devaneios em dimensão de vontades. No segundo sono, amoitado no canto da cama, sonhou. Não com o ônibus enorme e veloz que toda noite o transportava para São Paulo, mas, sim, que voava sobre os ponteiros de um relógio Seiko alado e pontual.

PARTE 2
A CIDADE

"QUE IRIAM FAZER? RETARDARAM-SE TEMEROSOS. CHEGARIAM A UMA TERRA DESCONHECIDA E CIVILIZADA, FICARIAM PRESOS NELA. E O SERTÃO CONTINUARIA A MANDAR GENTE PARA LÁ. O SERTÃO MANDARIA PARA A CIDADE HOMENS FORTES E BRUTOS, COMO FABIANO, SINHÁ VITÓRIA E OS DOIS MENINOS."

GRACILIANO RAMOS, *VIDAS SECAS*

6. MUDANÇAS

Bem cedo, o caminhão, com seu brilho de turvar a vista na pintura, chegou sacolejante, parou no calçadão. Buzinou. Botei a cabeça de fora pela janela e soletrei as palavras que, mal escritas, borradas, tomavam quase toda a porta: mudanças. O motorista sorriu pelo vidro, desceu, tirou os grampos que seguravam a carroceria e devagar, com jeito, soltou um lado.

Vi o guarda-roupa ser desmanchado e arrumado em cima do caminhão com o sol quente, pelando; o esforço em arrumar da melhor maneira, suor descendo e molhando a camisa clara de pai, trastes que mãe diz que se for para o fim do mundo ela leva.

Não ajudei em nada. Nem levantei palha que fosse. Logo, não tinha um pingo de vontade de ir. Dona Zélia, vizinha do lado, comentou que aquela vila que a gente ia morar só dava bandido, fábrica de química fedorenta, uma perdição. Deus me livre. Prefiro ficar aqui no meu canto, pelo menos tenho tranquilidade. Pai escutou, disse que não era tanto assim, não, conversas de jornal, mesmo se fosse importava é que ele ia morar no que era seu. Comprado com suor. Falou que não tinha medo de nada, tudo depende da gente.

Fui em cima da carroceria. Arregalei os olhos no ajuntamento de gente que veio se despedir. Abanei as mãos até o caminhão entrar na estrada no fim da rua, lá longe. O vento forte, camisa aberta no peito, ar entrando, mãe preocupada só dizendo pra eu me segurar bem.

Seguiu a linha da ferrovia. Sempre no acompanhamento dela. Trens passando apitando nas curvas, apinhados de gente. Poeirinha que levantava atrás na estrada e ia pra frente sujando a mudança. Dei pra pensar, como era lá, a saudade veio, a saliva descia pela goela com dificuldade, culpei a poeira, quis chorar. Foi bem assim.

A casa, no começo, com precisão de reparo. Pai dando um jeito nas folgas de domingo. Ajudava. Que jeito? Carregava água, no que tivesse necessidade. Casinha foi, aos poucos, ficando com jeito de gente.

O lugar, já me acostumando, parecia fim do mundo. Lameira ou poeira se o tempo se desconflitasse na rua descalça. Pai desaparecia de manhã, nem bem clareando, seguindo o apito que acordava o mundo logo cedo. Mãe calada, cuidando da casa sem se lastimar, pois ela era assim: prosava pouco, sem amizade na rua, e só se chateava quando transparecia no meu rosto vermelho de sol que eu zanzava pela rua. Mas eu estava mesmo era lá pelos monturos, perto dos trilhos, olhando do outro lado a fábrica da vila, acinzentada de sempre, sentado num canto, presenciando a fumaça que subia amarelada.

7. A FÁBRICA

Já quase pegando os quinze anos, as coisas foram ficando difíceis. Via que o trabalho de pai, chegando mais tarde toda noite, pouco adiantava. Até que um dia ele chegou na sala, todo mundo assistindo à novela, então disse que eu já estava na hora, ia começar a trabalhar, cooperando com o sustento da casa.

Não disse nada.

Mãe reclamou que ainda era cedo, logo agora que ele vai findar o estudo no grupo, esperasse um pouco mais, terminasse o ginásio, aí, sim, estava no ponto.

Pai respondeu, já se sentando à mesa, que, se quisesse continuar o estudo, que fosse de noite. *Todo mundo faz assim*, completou.

Não fiquei muito sentido. O lugar de a gente se divertir, o campinho, há muito estava cercado. A construção da fábrica tomava tudo, cerca de arame com quatro fios, farpados. Só se ouvia de longe o barulho de concreto sendo despejado no chão, serras elétricas, serrotes comuns cortando madeiras; enxadas e pás tinindo de manhã à noite. Fizesse sol ou chuva. Aquilo nunca parava. Crescia, sim.

O terreno cercado de valetas, lugar de monturos, escoamentos de casas vizinhas, ajuntamento de urubus toda tarde, tinha mudado. Hoje, quase não tem nada disso. Já não se escutam os gritos da molecada correndo atrás de bola, não.

Só o ronco dos caminhões descarregando, o apito de hora em hora, avisando.

A vila crescia, mudando de cara, o apito avisando, crescendo, inchando de gente. A fábrica cada dia mais se alargando como teia de aranha, pegando os viajantes chegados de carteira em branco, com precisão, dando serviço aos que sabiam ler alguma coisa, o apito chamando. Alguns, sem ciência de causa, achavam o trabalho até bom, pois, de onde eles chegavam, diziam, não temos nem onde cair morto. Pai, feitor, repetia a fala deles assim, sem dó.

Falo assim porque sei. Conheci isso aqui nascendo, nos seus primeiros dias. Vi, por esta luz que me alumia, um dia na tarde, um homem soltar um balde de cimento, escorregar no andaime mais alto, cair em piruetas, abrir os braços no ar e se chocar ao chão com baque surdo entre matos. Quis correr pra lá, mas fiquei receoso. Houve um ajuntamento de outros operários que estancaram o trabalho, mas não puderam fazer mais nada. Um feitor gritou que podia deixar, ele cuidava de tudo, que fossem trabalhar, não queria paradeiro ali; arrastou o corpo pelos braços sujando o mato de sangue e entrou com esforço na construção, puxando o defunto.

Corri medroso. Nessa hora, cheguei em casa sem saber fazer o quê. Mãe perguntou o que eu tinha visto, está branquelo, perdeu o sangue das veias, encontrou assombração, a polícia te pregou susto, isso dá em quem só fica na rua zanzando, vadiando. Bem feito, terminou dizendo.

Não contei nada. Nunca tinha visto ninguém morrer. De noite, na mesa, todo mundo jantando, toquei no assunto. Pai assuntou acendendo um cigarro, mãe repreendeu com as vistas, aí pai disse: *Vai dormir, deixa de histórias de trancoso.*

Depois, ele falou que dessa semana eu não passava, já tinha emprego garantido. Ia começar, passado do tempo, no mais tardar, segunda-feira que entra.

Saí para o quarto, uma coisa me dizendo na cabeça, perguntando, se trabalhar é bom.

Ainda não sei. Continuo no grupo estudando na hora da noite. A bola foi pra um canto da casa e nunca mais saiu de lá. Mãe, agora, quase nada conversa o dia todo. Sozinha em casa, com quem? Na rua, ela ainda não fez amizade.

8. REMORSOS

Jacinto viu, nublado, por duas vezes, as enfermeiras passarem por ele apressadas, olharem para sua camisa suja de sangue e se perderem no corredor em frente.

A insegurança no trabalho, a coragem, essas, sim, ficaram no terreno da construção, bem próximo à casa da sua mãe. A escada em falso tombou entre baldes, tintas e aflitos: *Acode o homem!* Pendurado entre garrafas pontiagudas, quebradas, que formavam barreiras no alto muro vizinho, Jacinto nessa hora somente sentia o frio da queda, o pavor de morrer. O peito, num rasgo profundo, dilacerado, em sangue.

Os gritos que ecoavam pelas casas vizinhas não interferiram na trajetória do líquido vermelho que suja e escorre pelos vidros, se esparrama, tornando o branco do muro uma cor rubra e real. As frases de Jacinto, da mãe e da meninada, que correndo avisa, se interligam: *Que pensação em morrer; meu filho morreu; ainda não morreu, não*, em eco triste no movimento da tarde.

A sala do hospital, mesmo com o sol lá fora, não tinha um janelão que deixasse a claridade entrar. A luz acesa durante o dia dava um brilho estranho, amarelo, às pessoas que ocupam as quatro cadeiras e o pequeno sofá rasgado no encosto.

O registro na carteira profissional não abriu portas nem fez mudar semblantes; rotina, espera. Na sala exígua, podia ouvir as palavras, pouco usadas, dos que compunham o interior. Num canto, o ancião que respira descompassado, dificultoso, descrente da vida, olha para as próprias mãos, indiferente ao movimento, burburinho do hospital.

Vezes seguidas, a mãe de Jacinto, gorda, vestido azul trocado às pressas, entrou no banheiro no fim do corredor para lavar o pano que limpava o sangue que escorria dele. No banheiro, as pessoas que aguardavam na fila, desinquietas, reclamavam da vida, da própria fila, de tudo.

— Mãe, vou morrer! — disse Jacinto, respirando forte, fraco.

Ele olhou os pés sujos de terra, o teto e os avisos colados na parede. Tentou ler, mas não conseguiu. Nem via no ambiente fechado, silencioso, sentimentos de tristeza, solidão, medo. Pessoas ansiosas por atendimento, pedintes, que ficam paradas, coladas em duras cadeiras e têm os corpos doloridos pela longa espera, mas não perambulam pelo corredor, com receio de incomodar. Elas esperam que as situações digam mais, muito mais que as palavras que a custo sairiam de suas bocas medrosas de falar. E esperam. Arrenegando da hora em que, doentes, têm precisão.

A sirene da ambulância, que se aproxima, vai aumentando, aumentando, até dissipar os sussurros que escapavam no silêncio. A ambulância atravessa rente ao corredor, veloz como a dor de Jacinto. Ele sente pontadas e frio no coração. Delira inconsciente, imaginando.

Viu desaparecer na manhã o orvalho que teima em continuar nas folhas frágeis e minúsculas. Soltou das mãos que o seguravam e alçou um voo rasteiro, depois subiu na imensidão do espaço que separa a vida da morte. Pairou de asas abertas. Grudou-as no corpo e soltou-se no espaço das lembranças, ora distantes, ora bem próximas, que davam a impressão de que ele participava.

Sentiu remorsos na destruição de vidas: formigas, nambus de pés roxos, nambus de pés vermelhos, aranhas, pássaros, preás, coelhos e frangos em dias de festas. Deu vontade de fechar as asas e precipitar o pequeno corpo de encontro às minguadas folhas, em baque surdo na terra.

De repente, grita. Jacinto sonha com o seu próprio vulto que, de cabeça erguida, grita e assobia para os cachorros que passam. Tinha saído logo cedo, sem caminho certo, vendo o mundo. Andou até a ponte do rio, de costas, contando os passos, pisando forte para deixar na areia fofa o rastro. Como se nada pudesse apagar a sua passagem.

Ficou acariciando um ramo de urtiga brava nos braços para sentir a coceira entrar devagarinho no corpo. Era loucura. Brincadeira de criança. A gente cresce. Quando começa a descobrir que o doce de goiaba feito na cozinha esfumaçada vai ficando com sabor diferente, fica adulto.

De pé, encostado à cerca, Jacinto vê formigas que correm indiferentes a ele, gigante que se posta em frente. Observa.

A qualquer momento, o trabalhador que ia à dianteira poderia cair com tamanho peso às costas. Seguia cambaleante, mas não atrapalha o movimento dos outros pela areia quente, indiferente à chuva que se forma e vai criando cores novas no céu. Azul... mil, infinitas. Nada disso interfere na agitação dos trabalhadores que se torna mais veloz e precisa no fim da tarde.

O trabalhador da frente agora se firma em um monte de terra, escora a carga e, sem perder a dianteira, continua guiando nesta pequena estrada uma infinidade... Comanda. Trabalha também. Alguns gostariam de parar, descansar o corpo dolorido de longas caminhadas, mesmo sabendo que, se a chuva que se anuncia desmoronar os caminhos, aí, sim, o trabalho dobrará. Assim, o que toma a dianteira pouco se preocupa com o que está acontecendo à sua volta. O que preocupa mesmo é a carga pesada que balança ao sopro de qualquer golpe de ar. A formiga líder segue sem medo de sombras reais e gigantescas de Jacinto, que se contorcem na estrada. A bota direita de Jacinto: o obstáculo que se interpõe. Um pé que, por segundos, dificulta.

Em fila, cronometradas por um perfeito e pontual relógio que não bate as horas: o sol que clareia a estrada de terra batida, trilhada na labuta, estrada sombreada. Sol que se rasga em fios por entre cerca de galhos, de ervas daninhas que, pensa a líder, não servem como alimentação. Caminha.

Com o peso fatigante, à direita ou à esquerda, a visão é sempre a mesma. Parar, não, deve pensar, sem ter tempo para brincadeiras, pois só o trabalho é importante. Sem trocar frases, absorta no alimento que carrega, não riria, também não ficaria triste, somente seguiria seus passos sem atrasar os outros.

Pensa: um obstáculo que surja na frente e que porventura ocasione mortos, as que retomam devem cumprir rapidamente essa tarefa e, sem chorar os cadáveres, tirá-los para o lado à margem da estrada e amadurecer o corpo para novas lutas.

Imagina: no fim da tarde finda o trabalho. Dezenas de corpos que ficaram lá em cima estão à espera que a chuva que começa arraste os seus cadáveres por enxurradas pequenas, mais na frente se avoluma, e que os corpos desapareçam nas corredeiras do rio, em direção de peixes negros, amarelos e famintos. Outras formigas apressadas pela noite que se aproxima nem param no local onde jazem os corpos.

Chove. Chuva fina, molhenta. Jacinto tira o pé que se apoia no arame farpado e pisa, traiçoeiro, espalhando as retardatárias trabalhadeiras, esmagando muitas com a sola da botina. Uma, mais afoita, defensiva, pula na sua perna e aferroa dolorido. Ele pega a formiga entre dedos e arranca as suas patas, a cabeça, e joga o resto do corpo ao chão molhado, e ela pula com desejos incontroláveis de vida.

Jacinto sente, agora, o mesmo instinto de sobreviver. Segura forte o braço da mãe, esquecendo as lembranças, os remorsos, os sonhos impossíveis, com os olhos sem trajetória e sem sentidos.

Quando o primeiro vestígio branco da enfermeira atravessou a porta e se incrustou nas retinas da mãe de Jacinto, o último fio da vida dele desceu pela cadeira, não passeou pelo corredor do hospital, fugiu da fila do banheiro e se espalhou em grande quantidade pelo assoalho da sala. Sem grito de dor, Jacinto deu o derradeiro suspiro com naturalidade e apertou com mais força o braço gordo que o envolvia. Afrouxou pouco a pouco, deixando marcas roxas que se limparam em momentos, desaparecendo na flacidez da gordura do braço materno.

A mãe levanta-se e ergue Jacinto nos braços, com esforço, e o carrega com dificuldade em direção à saída. Um corpo frágil, insensível, sem vida, frio.

A moça da recepção se sobressalta e diz:

— Dona, volta!

Ela nada responde nem se vira. Sai à rua e o impacto do sol entra em seus olhos, ilumina o vestido azul e penetra em seu coração, explodindo-o.

9. INSÔNIA

Mãe, na certa, agora já dorme o segundo sono. Eu é que de bobo fiquei assim, só fazendo pergunta besta. Ela respondeu, saiu pra dormir, depois me arrependo, mas bem sei, amanhã, perguntava de novo. Cansado de saber, ela muitas vezes atarefada no preparo da janta, respondia sempre: *Seu nome é Otto, nas graças de Deus, ninguém tira enquanto for viva, nem muda. Vai morrer assim.*

Levantei da cadeira na cozinha, meio amuado desde manhãzinha, pois todo dia é assim. Puxei a cortina que divide o quarto da cozinha, entrei de mansinho pra não incomodar mãe, tirei a televisão ainda quente de cima da cama, encostei ela na cabeceira e deitei, apagando a luz. Os pensamentos só revirando na cabeça da resposta de mãe, Deus me livre se tenho mágoa dela.

Aí, quem disse que consegui pregar os olhos? Virava pra um lado da cama miúda, revirava, cobria a cabeça com o lençol, ora descobria, olhava apalermado procurando explicações para as frestas do telhado. Nada. O sono não vinha.

Levantei na ponta dos pés, fui na cozinha, bebi água na torneira, voltei. Espantado de vez, nada de vontade de dormir. Não queria mudar de nome, nada, pensei.

Agora, deu vontade de mijar. Olhei pela janelinha me ajoelhando na cama, vi a luz acesa lá fora na casinha. Tinha gente da outra casa já ocupando. Me aguentei, segurando o mijo, bexiga estourando. Esperei a luz se apagar, deixei passar um pedaço de tempo e saí.

Voltei aliviado, tranquei a porta e sentei na cama no quarto turvo, olhando com pouca claridade mãe na outra cama, deitada de bruços, coberta de cima a baixo, respirando fraco, e aquela zoada no peito que tem há muito tempo, nem me lembro desde quando, parecendo que ia estourar de vez; mas ela estava quietinha, ressonando.

Imaginei ela morrendo, me arreneguei desse pensamento, fui na cama dela, botei uma calça velha em cima dos seus pés frios parecendo gelo e fiquei olhando ela, o corpinho cansado de muita labuta.

Sentado, fiquei esperando o sono chegar, nada de pegar, a preocupação no dia seguinte sonolento na fábrica, olho parado e descuidado. Não queria isso.

Criei coragem, vesti a primeira roupa em minha frente. Pensei, dava uma saída pela rua vazia de gente, respirava um ar lá fora, andava na calçada até a esquina, não ia longe, pois era tarde. Depois voltava no rastro. Aí, sim, dormia.

Pois fui.

Abri a porta com mais cuidado, receoso de uma entrada de ar mais frio em mãe, saí maneiroso. Parei no portão. Nem latido de cão se tinha no silêncio, só aquele ventinho fraco. Procurei pelo meu cachorro, nem vi.

Abri o portão, pensei em pai quando nem bem tinha chegado aqui, fazia pouco, coisa de dias, com a gente, eu pequeno desprevenido de ideias ainda, depois ele morria sem nem mesmo se despedir da gente lá em Pinheiros, numa construção nova.

Lembro, trouxeram o corpo num carro da firma, nem parecendo pai, frio, a gente só reconhecendo ele pelo sentimento, só no encostar; o pessoal que trouxe o corpo dizendo que a gente enterrasse logo, não se podia esperar mais. Documentada toda pronta, botaram o corpo de pai no caixão que eles mesmos mandaram preparar, nem passaram com o defunto pra ser benzido na igreja que era costume lá nosso, e enterraram.

Quem ia pensar em coisas erradas nessas horas? Pensei foi mais primeiro em mãe, que era viva, que estava sofrendo mais a dor da morte, mais que eu de pouco entendimento.

Nesse dia, mãe se lastimou da vida, chorou com a mão cobrindo o rosto, queria ser enterrada junto com meu pai; segurei ela, pedi calma, logo tudo ia se resolver. Falei que todo mundo morre, mas era só pra acalmar, que eu também estava sentindo.

No outro dia, mais conformada, ela chorava baixinho nos cantos. Daí, não mais tocou no assunto da morte e labutou firme pra não me faltar nada. Até hoje, não sei bem como conseguiu, foi suado, pois vi. Mesmo agora, quando pergunto alguma coisa de pai, ela conta caso, relembra o namoro deles, prosa passada, mas no dia da morte, o corpo chegando aqui, ela não toca.

Encostei o portão, o cachorro apareceu e escapuliu pela rua, chamei baixinho pelo desgraçado. Ficou sentado, prostrado na calçada ao lado. Deixei.

Ganhei a rua. Um silêncio pesado, hora de visagem, mas eu sem medo, já costumado em pegar trem em hora igual. Fui até o fim da rua, perto, logo ali na esquina, esperando o sono me pegar. O céu escuro, poucas estrelas, realçando o mundo, contadas nos dedos. Caminhando sobre a calçada, preocupação de lado, devagar.

Parei e olhei a outra rua tão silenciosa como a minha, dormindo também na madrugada. Rodei na ponta dos pés e voltei de cabeça baixa, pensamento longe, mãos atochadas nos bolsos, protegendo do frio.

— Pra onde vai, rapaz? — disse o vulto parado, bem na minha frente, amarelado pela luz do poste.

Voltando, nem tinha visto, apertou o coração no susto, me amofinei na madrugada.

O homem balançou a mão dele, fez sinal e caminhou no meu rumo, pisando forte; eu quase parando; ele chegando; parei junto ao muro, querendo me mexer, medroso de movimento.

O homem foi se achegando devagar, o farol de um carro acendeu-se me alumiando; o homem encostou, vi a mão dele cutucando uma coisa na cintura. Ele chegou, documento, disse, a voz quebrando a paz do silêncio.

Aquilo me aliviou um pouco, aí lembrei que tinha saído pelado de papelada. Fiz que caçava nos bolsos. Então disse moro logo ali e apontei com o dedo o cômodo cinza, lá morto nessas horas da noite entre os outros quartos.

Bati as mãos nas calças, nos bolsos da camisa, e falei: esqueci em casa, seu moço, e repeti que morava logo ali.

Ele me mandou levantar os braços na altura da cabeça; levantei.

Pra que fui sair de madrugada, desprevenido, despreparado?, pensei.

Medroso da calça cair no chão, pois não tinha cinturão prendendo nada, fui andando na frente, o homem atrás, a gente se aproximando do farol do carro cada vez mais forte.

Pensei em mãe: nela acordando, vendo a cama limpa, saísse, me visse naquela aflição e tomasse susto de morte.

Mesmo assim, tinha silêncio na rua. Nem sentia mais o vento, o corpo esquentou no medo, ferveu nas lembranças de casos contados de como essa gente apronta no meio da noite.

O cachorro correu, atravessou a rua, passou entre o homem e eu, empurrou o portão encostado, e entrou pelo cimento rachado do quintal, rosnando baixinho sem olhar para trás. Também eu mesmo se quisesse não olhava para trás. Nem lembro como consegui chegar até o carro, as pernas sem comando, os braços doendo nas alturas.

— Me chamo Otto; moro aqui — disse eu.

Apontei com o queixo, as mãos ainda lá em cima.

— Estava sem sono, não conseguia dormir, zanzava por aqui na calçada até a vontade chegar — completei.

O homem parou perto de mim quase atracado, com jeito malcriado, senti o cheiro dele, da boca, do pano de corpo suado.

O medo sem estancar aumentava no coração o sofrimento. Pensamento nas ruindades que bem podiam fazer nesse corpo só.

O homem, parado, olhou em mim, virou as vistas para os outros ocupantes lá dentro do carro, *o que a gente faz com o doutor Otto?*, disse.

Aquele doutor me doeu mais que os braços lá em cima. “Deboche”, pensei.

Ninguém na rua pra dizer que me conhecia. Afinal, um ente perdido nessas horas bem podia salvar a situação. Sabia, ia ser levado com eles na certa.

Imaginei, só se chamasse alguém, gritando, não! Mãe podia acordar, tomar choque no susto, não! É bom deixar dessa ideia.

Então, um dentro do carro, sei lá qual, nem presenciei, *dá um cascudo e manda seu Otto dormir*, comandou.

Nem bem esperei, a mão do homem veio forte acertando em cheio no cangote, senti o baque, caminhei desequilibrado pela calçada, segurei no muro, esperei me preparando para outro sopapo, que não aconteceu, me firmei com os pés no chão, apressado corri para dentro, medroso.

Passei pelo portão, o carro saiu devagar pela rua entre luzes debochadas, a cabeça me doendo; o cachorro ganiu mais alto, chutei-lhe as ancas magras; eu querendo e forçando para não chorar.

Abri a porta de casa. Saiu uma fezinha de sangue no nariz, limpei com a palma da mão, e assoei forte para dentro. Estançou logo.

Entrei. Passei pela cortina, mãe se mexeu na cama, tirou o lençol que cobria a cabeça, *já na hora?*, disse. *Só fui no banheiro lá fora*, respondi.

Ajoelhei na cama, olhei da janela a rua, não vi mais ninguém. Rua parada, quieta, sozinha. Deitei preocupado com o relógio que logo ia chamar, tocando.

Amanhã, pregado de sono no serviço, bem estou vendo. Já disse, nunca me gostei de chamar Otto. Só visto em padre. Ou era em lorde? Onde todo mundo tinha nome conhecido, lá vinha o meu, Otto. Isso lá era nome?

10. A FORÇA DO SANGUE

— É aqui, mãe, pode entrar. Vai entrando — disse Zefim, meu filho.

Abriu o portão. O corredor comprido, estreito, vazio de gente.

— Mãe, nessa terceira porta. Aí, sim — disse me apontando.

Enfiou a chave na fechadura. Girou o trinco enferrujado. Entrou Zefim, a mulher dele, e eu amparando o malote pesado. O corpo doendo, cansada da longa estirada de ônibus.

O carro de praça zoou lá fora em movimento na madrugada. Zefim fechou a porta. O frio da noite castigando meu corpo no desacostume. Ajeitei a blusa de frio nos ombros, vermelha a cor da lã, emprestada pela mulher de Zefim. É, quis dizer, calei.

O sofá marrom tomava toda a metade da sala. A televisão ficava encostada no outro lado da parede. A cortina verde separava esse mundo da sala do outro mundo do quarto: a cama de Zefim, da mulher dele, de casal.

A cozinha: miúda, raquítica nos movimentos que se faz; o fogão pequeno, mesmo assim acanhando os passos dentro dela. Só. Sim, tudo de novo pra mim, aqui. Tão desconhecido aquele corredor, aquele mictório no meio dos quartos, ou casa de Zefim, servindo para as necessidades de toda gente. Toda hora ocupado.

— Espere um pouco, mãe. A luzinha lá dentro está acesa — disse.

A luz se apagou. Esperei um pouco. Abri a porta. Vento não tinha, frio, sim. Saí. Mijei. Voltei. A porta da casa de Zefim. Só uma porta. A janela dando pra sala, sempre fechada no decorrer da noite. Do lado, várias outras portas onde moravam, assim resmungou Zefim, sonolento, a mulher dele já dormindo, famílias grandes, pequenas, ou pouca gente como a minha.

Fechei a porta. Deitei no sofá nu, sem lençol. A televisão me olhava, desligada.

Se não tivesse surgido aquela ideia, coisa que vinha me passando pela cabeça havia muito tempo – uma dentadura espelhando aqui na boca, alvura de nuvem sem chuva, podendo me fazer rir, sem ficar tampando com a mão essa vergonha de boca desdentada – Zefim, meu filho, só por milagre de Deus me teria tirado de lá de Bananeiras – *bom dia. Vou como Deus quer* – lá no meu quieto, sem mais precisão de me largar pelo mundo atrás de sorte, pois corpo velho precisa é ficar esperando a morte, lá onde todo mundo, gatos e cachorros, conhece a gente, sem arrelias, prestativo na hora certa e precisa.

Ao tomar conhecimento desse pensamento de Zefim, *vamos pra lá, mãe*, matutei. Aquela ideia indo e vindo na cabeça. Contei os dias que Zefim passou aqui, aqui, não, lá com a gente, gente só por modo de falar, que de parente aqui no chão de Deus só existe vivo Zefim, folgando uns dias com a mulher na licença que ele arranjou a muito custo na fábrica que ele labuta aqui em Pinheiros.

— Pra que lado fica, Zefim? — Só com aquilo no pensamento.

Conselho nenhum, só silêncio. Boca calada. Mas sentia a tristeza de Santina. Santina que era, era não, que anda ainda viva por lá, parceira das prosas, das rezas na novena. Amiga de caçar juntas cachos de ouricuri, pra ajudar nos gastos, dentro das terras do coronel Gercílio. Vou, não vou, o medo de ir, o receio de ficar. Enfim, Zefim é sangue da mesma veia.

— Na primeira semana, chegando lá, essa dentadura lhe alveja a boca — disse ele ainda, só provocando.

Mesmo assim, até cochilando, vinha a dúvida. Acordava desinquieta e, para acalmar, baforava cigarro branco que Zefim trouxe no malote de São Paulo. Acalmava os nervos, os pensamentos. Aí, vinha o balançar do coração, já acostumado nesses tantos anos de sofrimento, alegria pouca, mas tinha, e nas lembranças do correr dos dias.

Lembrando. Gente com precisão dessas mãos, que nunca enjeitaram parto difícil, complicado; coisa que doutor de anel no dedo, diploma estampado na parede, só balançava a cabeça se negando a fazer, eu ia lá, sem carecer de compensação nenhuma, varava noite adentro, agarrando menino borrego, lambuzado em sangue, melecado; essas mãos calejadas de outras labutas traziam ele pra vida, virando ele de cabeça pra baixo, sentindo o cheiro de vida que se abria num berreiro; alegrava a casa já cheia de outros borreguinhos; essas mãos, essas aqui, sentindo a vida no corpinho choroso, medroso de luz, nascido naquela hora, sujo ainda.

Tudo isso passava pela minha mente. E também ia vendo a dentadura que era ideia antiga desde moça, ainda com Zefim no colo, que nunca teria mesmo nessa labuta de dar vida a filho alheio – dar, não –, ajudar nessa luta de sacrifício em mãe medrosa, a serventia nessas horas deles sempre pobres de assistência do doutor que vinha quando dava na veneta.

E Zefim só seduzindo.

— Lá a senhora cuida da gente, cuida da casa — disse.

Pensei nisso. Pois vim. A viagem agora mais rápida. Demora de muitos dias era coisa passada. Nem se vê quando chega. Zefim mostrando.

— Aqui é o Brás. Ali é Guarulhos.

Zefim conhece tudo, com outra facilidade.

— Descemos aqui. Outro ônibus ali. Agora um carro de praça. Chegamos. É aqui, mãe, pode entrar. Vai entrando.

Se eu só? Longe de Zefim? Um conhecedor qualquer? Nem gosto de imaginar. Os carros, mais carros, mais gente, que nunca vi tanta com essas vistas de pouco correr mundo.

A chegada na casa de Zefim me aliviou desses acontecimentos que se falam, se dão nas viagens: ônibus virando, gente morrendo longe de parente ou aderente, sendo enterrado em cemitério alheio quando não tem ninguém que olha, sem lamentação, sem sentinela, longe da família. Na frente da casa de Zefim o coração foi se acalmando, mas antes aquele aperto no peito de saudades, de medo, tudo por igual, subindo.

Sorrio pro fundo da casa, frente dos outros quartos, o sorriso encontra a barreira das portas, o riso bate nas paredes descascadas e vem de volta morrendo, sumindo, sumindo, até chegar de volta, aqui na janela, na dona dele, cansado.

Sinto o peso da boca, da dentadura nova, novinha, com pouca serventia. Do riso frouxo, sem assistência a não ser de crianças que brincam no terreiro ocupado de tijolos, telhas, sem ligação pra aquela baiana, como eles diziam, debochando.

Riso idiota. Riso besta que esperou anos e anos, passagem de moça pra velha, e, agora, a boca aberta não encontrou uma alma perdida que a visse brilhar na face, dentes alvos que diferenciam da minha pele enrugada.

Lamento da demora de Zefim, da mulher dele. Escureceu há tempo. Nada deles. A condução, mãe, ele sempre reclama se justificando no domingo. Trabalho duro. Sei. Sai cedo, retorna tarde. Turvo no turvo. Zefim vê o céu claro, o sol, lá onde ele labuta? Nunca perguntei.

Mexo nas panelas e confirmo o cheiro da comida, provo o tempero. Espero Zefim, a mulher dele. A sonolência sempre me pega antes. Deito. O sofá tão frio.

Me cubro. Tão tarde. Deitada fico tolhida, apertada, amarrada. Cubículo entre cubículos. A noite zoa lá fora, as buzinas tocando dentro da noite. Comparo com os sapos na beira do rio, com a cantoria sabida dos grilos que toca, estanca, toca, estanca. Só o ronco dos carros crescendo, se apagando, apagando, crescendo. Frio. Frio abafado aqui dentro. Lá fora também. Não há vento zunindo, de jeito nenhum, percorrendo as ruas.

O corredor acanhado. Dá tontura quando fico parada no portão, as vistas se embaralham na apreciação dos carros. Fico vendo as cores das roupas nas pessoas que passam apressadas. Aprecio por vadiação, roupas colorindo as ruas, as milhares de cores vão se modificando, que ora se perdem nas vistas. Chateada, entro pelo corredor, pela porta, para o quarto. Fico sentada. Procuro afazeres. O barulho da televisão: já até disse pra Zefim, me dói os ouvidos, fica aquele zunido, a cabeça lateja.

— Logo a senhora se acostuma — disse ele.

E só. A mulher dele, derreada no sofá, só sorri malcriada nos dentes alvos, aprovando a fala de Zefim. Tusso. Tosse seca, doída, de um constipado mal curado, imagino. A mulher tira os olhos que acompanham a televisão, olha séria pra Zefim e fala pra mim que acordo ela três vezes por noite, dela fugia o sono, era pra ver se controlava essa tosse. Zefim não desgrudou os olhos do homem que ria na televisão. Casa de filho, mas chão alheio, pensei.

Tusso. Agora, nessa hora da tarde, sem receio de incomodar. No correr da noite, tento abafar com o cobertor o chiado do peito, tusso me engolfando com a coberta, tentando apagar esse barulho do mundinho pequeno.

Suo muito nessas noites. Um suor frio de tresvario. Vejo: a praça clara da igreja, começando a encher de gente. Tusso.

Bênção, diz algum menino, espichando a mãozinha na altura da sua barriga coberta de camisa nova. Criança crescida. Coisica que vi nascer segurando com as mãos. Ele corre entre as pessoas que caminham e sobem os degraus da igreja.

A novena. A igreja cheia, no cruzeiro em frente mais gente. Conversam. Falam do tempo, da chuva, da vida. Dentro da igreja, rezam a ladainha. Santina abre o vozeirão, entoa o canto. Cochicham, alguns, nos cantos. Santina se volta e repreende com as vistas. O sussurro se apaga. Ficam as vozes, crença em Deus, bonitas. Finda. Os homens, mulheres e crianças saem da igreja. Descem a escadaria. Todos passam em frente ao cruzeiro, todos se afastam, todos seguindo sem sombras no rumo das suas casas. As luzes das velas são assopradas por Santina. A igreja escurece e espera o dia de amanhã pra tudo recomeçar.

Aqui a luz me alumia, clareia a sala pequena e o meu vaivém à cozinha. Lá fora, vozes passam na rua se misturando com a zoada dos carros, e Zefim ainda demora a chegar, com a mulher dele, cansados, famintos, calados.

De dia tamanho, o quarto é ainda mais abafado. Olhos que já presenciaram espaços tão longes que a vista, mesmo uma vista boa, se perdia no azulado da distância, estão regrados. Olhos que percorreram vastos campos, de tamanho que a minha pouca sabedoria não pode calcular, agora perambulam pelo quartinho: arrumo a cama de casal, abano a poeirinha que ajunta de manhã à tarde.

Pela sala: abano a mesma poeirinha que entra nos dois cantos ao mesmo tempo, na mesma hora. Na cozinha: o preparo da comida, que no chegar da noite, Zefim nem sente o gosto. O alimento desce pela sua garganta como se descesse água, saliva, sem prazer, só pela necessidade.

Quis cantar, vontade me vindo, cantarolar somente. Cantiga que vinha sempre na cabeça, não me saía da mente, que falava de saudade. Música escutada muitas vezes, quando Santina cantava na beira do rio, lavando, enxaguando roupa, ou com jegue seguindo adiante, na recolha de ouricuri.

Um dia, comecei a cantoria. A voz medrosa, sozinha. O peito me arfando de felicidade em descobrir um bem passageiro para aquele momento. A voz, por princípio, veio fina, desentoada, mas fui acertando devagar, bem devagar, aí, no jeito certo, como Santina cantava. A voz certinha.

Alguém bate na porta. Alguém conhecido? Cartas de Santina?, mesmo sabendo que ainda não escrevi pra ela.

Não deve ser. Obrigação minha mandar por primeiro. Só se pedisse pra Zefim, no domingo. Ele anda tão cansado.

Novamente batem na porta. E se fosse Santina? Não. Agora nem canto mais. Abro a porta. Uma mulher. Conhecida de Zefim? Da mulher dele? Não. Seguro na porta me apoiando. A mulher diz coisas. Abano a cabeça confirmando. Ela termina dizendo:

— Faz favor.

— Sim, senhora — respondo.

Fecho a porta. Sento no sofá. Abaixo a cabeça entre as mãos que se agarram aos cabelos e fico pensando nas palavras da mulher.

— Dava pra senhora não cantar. Meu marido trabalha durante a noite e é só nessas horas do dia que ele pode dormir.

— Pois não. Sim, senhora. Não canto, não — disse eu. — Santina, cante aí, cantarole por mim. — Quis gritar bem alto. — Não. Acordaria o homem, coitado.

Se ao menos eles, Zefim e a mulher, tivessem um filho. Homem. Mulher. Uma pessoa como as que um dia fiz nascer.

Lembrando: acalco a barriga de Dorinha, o ar falta no peito dela, a respiração arfante, o medo do primeiro parto. A cama se mexe, rangendo, com o peso de nós duas: Dorinha e eu. Me indispondo com marido que quer ver, presenciar. Curvo as pernas dela pra cima, faço pressão na barriga para criança descer mais ligeiro. Dorinha faz força com os dedos grudados no colchão da cama, na dor. Aperta os dedos a ponto de arroxear, as feições de desvalida, o grito dela boiando na sala cheia de gente; outras mulheres adentram prestativas; eu achando que não havia precisão, pessoa só labuta com mais presteza.

O grito do recém-nascido se mistura com o de Dorinha, vindo devagar, descobrindo o mundo, a claridade da luz do candeeiro, assustado com o vozerio lá fora; as mulheres nas providências: pano limpo, água morna, a tesoura queimada na quentura do candeeiro pra livrar o umbigo de algo reimoso; enfim, o berro na boca do menino homem de Dorinha.

Assim. Um filho assim. Chorão, faminto de toda hora. Se eles pelo menos tivessem um menino, criança por pequena que fosse, engatinhando, podia ser de colo, inocente ainda, pequenino sem conhecer ninguém, eu podia ficar conversando com ele aqui no sofá, sair com ele ali no portão, deixando ele, desde pequeno, acostumado com o barulho, a zoada dos carros, para ir amortecendo os ouvidos, que valha-me Deus!, é perigoso até ficar surdinho, mas, não, acostuma.

Já tive vontade de me esclarecer com Zefim. Contar pra ele que não tolero mais essa falta de gente, mesmo falta de prosa boba. Mas quando vejo essa dentadura que foi prometida por ele coçando o céu da boca, que ele me comprou, barganha malfeita, arrependida, vou procurando esquecer, tirando isso do pensamento, vontade de esquecer pra sempre.

Zefim anda tão atarefado, a mulher dele também. Esconjuro de botar mais coisas na cabeça deles. Vou deixando. Deixando que eles sintam sozinhos, eles mesmos, a falta de fala em mim. A tristeza que procuro de todo jeito guardar comigo, aqui bem dentro, sem deixar transparecer nem criar mágoas.

Bem que podia escrever uns rabiscos pra Santina. Pegar essas horas dentro de casa, sozinha, só escutando o bulício da rua, e falar das coisas daqui pra Santina. A ideia do que dizer me vem à cabeça, sei até o que comentar, mas a labuta de pegar na caneta... isso chega a me corar as faces ao comentar, pois nunca que pude... pouco, nada de estudo, outros tempos, outros lugares... o lápis era cambito de puxar lenha, enxada afiada de capinar mato... só sobrou, com a graça de Deus, a valência de ter vivido.

Ou então bem que podia pedir a alguém que colocasse no papel o que tenho vontade, no pensamento, de dizer pra Santina. Alguém faz isso? Quem? Não conheço ninguém por aqui. Nada, é o certo de dizer. Nunca ninguém cruzou essa porta, até agora, pra dizer que conhecia Zefim, a mulher dele, pois, também no domingo, que é dia de descanso, Zefim nunca dá voltas pra canto algum.

— Ando fatigado, o corpo me dói. — Ele reclama.

Fica ele mais a mulher, só vendo televisão o dia todo, um conversando pouco com o outro, de vez em quando, isso de se contar nos dedos.

— Isso, mais aquilo, aquilo outro. — Fala dessa natureza um pouco, só.

— E o serviço, está indo bem? — Nesse tipo pouco mais.

Manhã apagada dentro do quarto. A luz pendurada em cima do teto alumia onde o sol escondido entre as nuvens devia fazer. Nuvens escuras. Mormaço.

— Não seja tola, mãe, não é nuvem, é fumaça — Zefim já disse.

Lembrando. Não gosto mais de me lembrar. Aqui fica mais tristonho, mais vazio. Ninguém segura lembrança. Tento afastar. Não vi Zefim ontem. Nem anteontem. Domingo, vi. Ele chega tão tarde, sempre. O sono e o corpo no abatimento me afastam da presença dele. Até, também, da sua mulher.

Zefim precisa escrever minha carta. Eu dito as ideias, ele escreve, eu falo daqui, a mão dele firme risca o papel. Parece tão fácil. Não é. Queria contar as novidades. Mas quais? O que dizer pra Santina? Ela, sim, deve ter mil coisas pra contar: do rio que encheu até cobrir as folhas da gameleira copuda na beirada da roça do Antoinho; da enchente que levou, até chegar na curva do rio, a cerca de pau a pique que Raul levantou com muito custo e suor; do Armando, que se amigou outra vez e largou a mulher, aquela fulana do Olho d'Água, uma semana depois, e agora mais vive bebendo do que antes, caçando rixa no meio da rua, provocante com meio mundo; da festa de janeiro que a cada dia vai se acabando, de pouquinho, de ano pra ano, o povo sem posses pra festas, só missa ligeira, o padre apressado, com o carro novo dele, lá fora, ligado, esperando.

O que vou falar? Escreve assim, bote desse jeito no papel, Zefim: Saudações Santina. Aqui...

Zefim precisa escrever. Depois, Santina resposta ligeira outra carta. O homem do correio vem entregar aqui no portão a carta de Santina.

Vou ficar esperando. E quando Zefim chegar de noite, tarde da noite, nessa noite vou arregalar as vistas, esquecer o sono que vem logo, nessa noite vou esperar por ele, ele vai ler a carta de Santina, contando da vida de lá. A minha disposição naquela hora, tão tarde, estranhando ele. Meus olhos grudados na espera. O frio sem incomodar. Abafado, só. A letra de Santina, boa pra leitura. A carta molhada esquentando a mão.

Mormaço. Vai chover. Chove. Amanhã, bem cedo, o corredor acanhado e o quintal vão ficar no barro mole, lambuzando os sapatos. Preciso, sei, me livrar das poças de água pra chegar ao portão à espera do correio.

Deixa chover. Contava era que logo a letra de Santina vai virar palavras na boca de Zefim, meu filho.

11. SOLUÇÃO DOMINGUEIRA

— Antônio, bota o cachorro pra dentro. Fecha o portão, tranca essa porcaria.

Saí à rua antes de fechar o portão.

— Desgraçado de menino. Não suja a roupa — disse a um.

O cão se esfregou na perna da calça sujando-a com os pelos enlameados.

— Desencosta do tanque. Não se molhe — disse a outro.

Chovia uma chuvinha fina. Pequena, preguiçosa, casamento de viúva.

— Isso é hora? Quatro horas e ainda não almoçou? Vá logo e esquenta você. — Falando a mais quem.

O sol, desregulado, se misturando aos pingos que caem. Frio pouco com precisão de agasalho. Caminhei um pouco mais depressa para que o palavreado me omitisse ou, pelo menos, eu não o escutasse. Não tenho sossego. Ela, minha mulher, fica de gritos. Os meninos fazem o que bem querem, entendem. Casa cheia de filhos. A mulher, de avental, um pouco... não, mais ou menos gorda, se deixa dominar por eles. Eu sei. Já me falaram. Ela pensa em ganhar na loteria pra se livrar de mim. Resmungo em pensamento: briguentos. Não falo mais nada. Já falei.

— São briguentos, pois puxaram a tua família! — diz ela gritando para os vizinhos escutarem.

Parou de chover. As ruas se fantasiam de gente colorida. Os carros chiam os pneus no asfalto molhado. Tenho um descanso quando saio pela rua. Arrisco ser atropelado por motoristas domingueiros, mas em compensação... me cumprimentam na rua. Vê: sou respeitado por todos, menos pelos filhos. Culpa dela. Já lhe falei mil vezes. Não tem jeito. Não tem mesmo.

Fazia visitas mais frequentemente, pois era um modo de fuga ainda que passageira. Sentia uma pontinha de inveja quando chegava em casas alheias de jardins bem cuidados na varanda; até criação, uma ou outra, de galinha poedeira no quintal. Um silêncio tão silencioso que da cozinha se escuta alguém dando risada na televisão da sala.

Tenho culpa? Tem horas que me pergunto nem sabendo que resposta dar. Agora, enfim, que já podia me considerar um triunfador. Casa própria. Vinte anos numa mesma firma, velho de casa.

Tentei criar os filhos à minha maneira. Durão como meu pai, que num olhar informava tudo. A mulher não queria.

— Parece o teu pai. Antigo como ele. Agora é outra época. Como você está atrasado. Deixa os meninos. Eles que vão me ajudar quando você morrer. Vão me amparar. Pra que maltratá-los? Num trisca neles.

Espera, explico. Ela falou em altos brados, gritando, com o intuito da vizinhança... vocês já sabem. Então. Faço beiço para as palavras dela: sou de família duradoura que se finda só com costas curvas.

A manhã parece tarde. Mormaço preguiçoso mesmo depois da chuva. Vi no jornal que o ar daqui é doentio. Conversas. Até a Rosana, meu Deus, filha mais nova que nem sabe ainda falar, mas soletra muito bem: co-ro-a! Deve ter sido o grandão que ensinou. Sei: está com influência de casar. Menina nova também. Nem falo mais nada. Deixa se resolverem. Vai dar, eu sei, muitas cabeçadas. Mas deixa, sim. O mundo ensina as coisas. Não tive nem um terço do que eles têm. Escola que eles têm, mas não querem e família que nem respeitam. Tanta coisa. Sei lá.

Nasci em 1939. Contam que foi ano ingrato, difícil. Havia guerra, mas nem de passagem navio foi visto rondando por lá. Fazer o quê? Conflito tão longe, em outras terras.

Menino estava quando me descarreguei na estação do Brás. Aqui só conheci o trabalho. Trabalho de gente sem instrução nenhuma. Lembro. Entrei no suburbano e deixei tocar me informando.

— Uma, duas... Isso mesmo. Brás, Quinta Parada, Penha, Ermelino. Vai lendo nas estações até lá.

Sabia ler mal. Me virei. Trinta... trinta e poucos anos vai fazer.

Desci do vagão. Parece ontem. Olhei em torno. Tudo pobre, podre. Chovia. Lama até nos galhos das pequenas árvores. Sol fraco. Miúdo. Frio. Era. Tremia dentro da calça fina de linho e da camisa manga curta. A enorme fábrica atrás da estação me assustou. Admirei. Olhei adiante. Os trilhos molhados refletiam a distância que me separava da origem: o banho de manhãzinha após o pular da cama, nus de roupas e pensamentos. A molecada parecia que vinha ali nos trilhos se equilibrando, braços abertos, chamando, gritando no nascer da manhã: brincar de pegou-morreu!

Sonho. Era. Mas é isso mesmo. Lá: correr chutando areia e esparramar na água salgada. Sem compromisso. Sim:

deixar a onda vir alta, devagarinho, encaixá-la no peito tentando segurá-la e ela nos dominar, sempre, nos derrubar, e fazer tudo o que ela quer.

Desturvei os olhos. Senti, sim. Não é lá que estou. Não é lá, não. Enfezei, esse caso é morto, larguei tudo lá, sim! Acordei acordado.

No trem, o pessoal não me observava, se acostumara. Gente pobre não é observada a não ser... Deixa. Não há diferença entre passageiro habitual e viajantes chegados. Calado, assuntei em volta, sem direção. Debaixo do braço, embrulhada, uma troca de roupas. Os documentos, também.

— Sem documento é ladrão, vagabundo, vadio. Por melhor cara que tenha.

Tentei lembrar de alguém que me tinha dito isso. Não lembro. A memória está se perdendo. Tusso. É o cigarro. Preciso deixar. O sofá já está rasgado? Quase novo. Foi de propósito. Em casa, é um inferno em vida. Que calor abafado! Vai chover. Troveja longe. Não falei que hoje ainda ia chover? Os pingos caem com vontade. Olho: vejo pela janela a rua sossegar de carros, de gente.

Lembrado. Atravessei a pontezinha da plataforma da estação. Pisei na terra dessa terra pela primeira vez. Girei escorregadio. Enlambuzei o sapato todo. Fui batizado pela terra vermelha. Logo: procuro emprego, trabalho. Carteira profissional na mão. Sem fichar, em branco.

— Estão pegando gente. Revezamento. Firma boa. Salário.

Lembrado bem. Vou à fábrica que me recepcionou, que admirei na chegada. Grande. Aproximei com jeito na fila enorme. Mais que sim. Pois não. Educado. Trabalho duro, afirmaram. Três horários. Confirmei: quando acostumava com um, vinha outro já desacostumado.

Levantei tarde. Trabalhei à noite sem ver o céu. Saía de manhã, tonto, cego. Um pequeno inferno, chovia sempre. Inverno: beiços rachados, mãos sempre atochadas nos bolsos da calça. Frio. Ganhava dinheiro. Gostava. Gastava trocados, guardava graúdos. Fazia pé-de-meia. Semana dura, trampo duro. Aguentava firme. Domingo, vezes quando folgava, saía para dar umas voltas sem precisão, só pra desenferrujar o corpo. Pelas ruas vermelhas visitava conhecidos. Nas casas, demora pouca, muita, dependendo das novidades, consideração.

— Precisa casar, ô, homem. Está na hora. Te cuida. Fulana sempre fala em você. Cuidado. Saiba escolher.

As prosas nesses assuntos se arrastavam. Não era feio. Pro gasto. Casei. Não estou tão arrependido, mas tem horas que me vejo.

Estou metido em política sem me comprometer. Aqui não traz desavença de morte e de vez em quando entra um dinheirinho.

— Que está fazendo, moleque capeta? Acabando de rasgar o sofá? Te dou um jeito.

— Quem? Você? Bate nele. Só porque o coitadinho está brincando? Eu que sou mãe não bato. Trisca nele. Trisca.

Tem horas que me arrependo do casamento. Sim. Sete filhos é difícil de dar criação. Aqui já cresceu muito. Quando cheguei, nada tinha; hoje tem de um tudo. Um par de olhos não dá conta para vigiar tanta gente. Um não sai do bar, fuma e acho que até bebe. Sinuca, dominó, baralho. Reclamei, falei.

— Deixa o coitadinho se divertir. Tão novo. É bom não trabalhar tão cedo para não se cansar como a gente.

Não dei razão. Mais tarde, o coitadinho mais velho da minha mulher foi preso roubando besteira. Vexame. Não mais discuto. Ando cansado. Matutei sobre a minha culpa em tudo. Ela também não tem. Coitada. Não! Coitada, não! Tem culpa, sim. Deixou-os mal acostumados, sem jeito.

Os amigos, evito-os. Tenho receio, é isso mesmo, receio de ser humilhado em minha própria casa. Quatro quartos. A maior da rua. Dei muito suor para construí-la. Sim. Domingos que não aproveitei sem fazer nada, labutando aqui. É verdade. Paguei dia. Fui servente, pedreiro, tudo, enfim, é...

Anoitece. Deixo o quarto na penumbra pra ver se a escuridão abafa o, sei lá, oitavo quebra-quebra familiar.

Na cozinha, brigam em voz alta.

Discutem no corredor.

Na sala, uns quinze assistem ao programa da tarde, pois os vizinhos que não têm televisão vêm para cá. Olhares vidrados no vídeo, quem quiser que fale alguma coisa que é mesmo que cutucar marimbondos com vara curta. Escuto.

— Você é sacana. Pegou a minha melhor camisa.

— Aquela camisinha que você afanou na 25 de Março? Não dou. Coisa roubada não tem dono.

Se vou falar, caço briga. Ouço chutes. Se atracam no corredor. Derrubam o pau do varal. Roupas úmidas se esparramam. O cachorro sai ganindo, latindo, dolorido, rumo à rua. O portão fechado dificulta, e ele arranha com as patas a madeira. Coitado. Não tem nada a ver com nada. É assim mesmo.

Tapo os ouvidos com as mãos. Mesmo assim, vejo pela persiana entreaberta os vizinhos adultos que deixaram o animador falando sozinho na televisão aproximando, olhando, já acostumados. Crianças também se desgrudaram e vieram apreciar. Essa intriga é mais real do que a televisão mostra. Talvez esperem uma reação de minha parte. Não! Da última vez, quatro dias atrás, tive o desprazer de entrar numa delegacia. Não para tirar documentos, como em outras vezes. Como um criminoso. Propinei alguém, saí livre, mas envergonhado. Não tive culpa da vez anterior. Me exaltei e distribuí porretadas. Saiu sangue de um vizinho da turma do deixa disso.

Anarquia. O pequeno tumulto continua se avolumando. Uma menina grita solta meu cabelo chorando. Um vizinho até torce. Faz gestos com as mãos. É um lutador amador de boxe, tinha ganhado o troféu Gazeta no ano passado.

Abro o guarda-roupa e retiro uma troca de calça e camisa. Cheguei há anos com uma, saio agora com uma. Procuro papel debaixo do colchão de mola. Não tem. Embrulho em jornal mesmo.

Entro na sala. Alguns meninos, dos vizinhos, claro, de olhos presos na tela do televisor, não se preocupam com o que se passa lá fora, imagine se eles iriam (abro a porta da frente) notar a minha presença?

Saio próximo ao portão. Abro-o. O cachorro aproveita a oportunidade e, medroso, rabo entre as pernas, corre pela rua solitária de carro. De gente, não. Na calçada, no muro, em frente a calçada, tudo lotado. Agora com o portão aberto alguns sorrateiramente já entravam, observando, à espera de mais ação.

— Ainda está fraco! Precisa esquentar. Deixa o Roberto chegar do bar. Aí, sim. Agora só dá bunda-mole.

Escutei o comentário. Alguém da porta da cozinha, estava escuro e não deu pra ver, me chamou baixinho de bolha, mas não liguei, mesmo...

— Não vai. Não vá. Volta.

Quem gritou foi a de sete anos, a Rosana. Vem agora correndo para o meu lado. Paro. Volto parado pensando que é comigo. Começo a arrepender-me. Seria uma boa oportunidade de retornar à sala sem que o povo aglomerado me chamasse de covarde mais tarde, pois eles já tinham descoberto as minhas verdadeiras intenções.

— Você é mesmo um desastrado. Deixou o cachorro sair. — Ela abre o portão. — Volta.

Rosana gritando passou por mim sem sequer lançar um olhar, sem imaginação de nada, e correu entre a multidão atrás do cachorro.

Arrumei melhor o embrulho debaixo do braço esquerdo e, com a cabeça erguida qual meu finado avô frente aos inimigos, saí ligeiro. Com licença. Calmo. Desci a rua apressado.

Passei em frente aos bares da rua 3. Dentro de um, Roberto ali. Apressei o passo. Corri quase. Entrei na estação a tempo de pegar um trem que partia. Eu: com destino. Sei onde vai dar a viagem. Se sei. Peguei outro e mais outro.

Que vão todos às favas! Isso eu diria para os falatórios dos parentes, vizinhos, que começariam a falar mal de mim, acobertando os defeitos da mulher. Parece que estou vendo.

— Você viu? Estava ficando louco. Nunca na vida ele... Coitada é uma santa.

Sentado no banco de madeira de um trem vagaroso, vazio, sorrio e imagino outras frases semelhantes. A visão de ganhar vida entra pela janela e encaixa nos olhos. Certinha, sim.

Chego abobalhado, pois nada mudou, como se o tempo tivesse parado esperando o meu retorno. A cidade, se é que podemos chamar de cidade, o lugarejo, é perto, ou melhor, respiro o ar que o oceano traz. Voltei às origens. Tão bom, sim.

A molecada daqui cresceu de tamanho, tomou corpo, se agigantou, mas, vez em quando, ainda tentamos dominar as águas bravias. Puro engano. A natureza não se vence nem se domina. Passeio.

Faz um mês, dois meses, cada dia tudo novo. Cheguei numa tarde mansa, de mansinho. Vejo agora nos olhares de todos que sabem de tudo, mas não especulam, não, deixam-me solto. Poucos habitantes. Cemitério não existe, o túmulo é a água revolta do mar imenso.

Hoje me levantei com o sol. Um pouco idoso, mas com coragem. Não tenho dúvidas, não. As águas do Atlântico banham o terreiro todo, quase. Aproximam-se das abas da minha rede. Barcos principiam a ser empurrados nas areias rumo à imensidão do oceano e chocam-se contra as ondas. Flutuam balançando quais bêbados alegres, festeiros.

Que faço? Trabalho duro na pesca pra viver. Dia quando quiser, dia que quiser não, fico parado.

Agora vou num barco cinza com mais três homens, amigos, sim. Pescamos na divisão igual. Voltarei à tarde ao sol se pôr. O mar é belo no entardecer. A lua, vezes, nascendo bela. Dormirei depois de tentar contar as estrelas e com a sonoridade cadenciada das águas.

Aqui escuto até o silêncio. É verdade, sim. Devo confessar que achei difícil me acostumar aqui. Sei que alguém, não daqui, não, de mil se tira um, vai dizer mesmo que seja pra si: "Ali está um homem de coragem".

Gritam. Fora, o portão bate e o cachorro gane. Acordo assustado do meu tresvario no sofá rasgado e vejo pela persiana a escuridão noturna de mais um domingo em São Miguel.

12. DOMINGO, TEM CINEMA

De que adiantou o tempo em que labutei firme, trabalho duro de pouco estudo, sem faltar dia, marcando ponto em hora certa, nunca dei vexame nem reneguei serviço, por mais trabalhoso que fosse. Se me chamavam no domingo, ia. Feriado, também. Sem corpo mole, mesmo pensando na comida melhor, domingueira, mesmo assim trabalhava duro. Depois um aviso: que não tenho direito a nada. É o suficiente, acaba a alegria, o semblante se modifica, o sangue esquenta, a gente pega a coçar a cabeça com os miolos fora de lugar. Essa história: não dá nem pra acreditar. Fica retado, a gente perde o gosto pelas coisas, vai definhando, sc acomoda num canto, só não chora porque é feio. Mas que dá vontade, isso dá.

No trem, na volta pra casa, a gente até que se animava. Todo mundo cheio de problemas, disfarçava no jogo de baralho, vinte e um, buraco, no palitinho, só pra desanuviar as ideias. Uma vontade de gritar, se arrenegar de muita coisa, agora é tarde, não, não dá mais. A gente também tem vergonha na cara: voltar dessa terra com um pé na frente, outro atrás, de mãos abanando, esconjuro. Tem que se aguentar, de qualquer jeito, ir levando com a graça de Deus. Mas tem horas que o nó chega ao peito, sobe pela garganta, atravanca tudo, sufocando. É nessas horas que se esquece de filho, mulher, parente, e faz besteira. Besteira da grossa, mesmo. Sem olhar a quem.

A casa, orgulho que dá gosto, suor de dias difíceis, nem agora me anima. Chego calado, assuntando. Cansado, pensa a mulher, e não liga muito. Os meninos, *boa noite, pai*, nem viram a cabeça, seguem o desenho na televisão.

Sento na poltrona quase nova, já rasgada, *quem rasgou?*, na sala não respondem.

Não sei, responde a mulher da cozinha. O noticiário empurra os desenhos e penetra no ar em preto e branco: carnaval, felicidade no centro da América Latina, diz o locutor descolorido. *Só porque tu queres!*, arrebato.

Desligo o televisor sem ouvir reclamações. A mulher chama, está na mesa, como sem mistura, comida engasgada, bebo água pra adjutório.

Saio da mesa sem pressa. Entro no quarto e deito. Deixo-o na penumbra, mas não consigo dormir. Pensamento sem fim: bons, maus, principalmente maus. Viro e reviro como se as mudanças de posições derramassem do alto da cama os pensamentos. Eles não se afugentam, também não prego os olhos.

A mulher deita mais tarde, dorme já o segundo sono, tenho vontade de acordá-la, pedir arreglo, contar o caso que me tortura. Deixo.

Vejo o dia clarear, passar de turvo para claro na rapidez do sol que, num piscar, alumia. Descalqueado, levanto em silêncio, decidido. Pensei: hoje ele vai ver.

Fui no quartinho de guardar tranqueiras, cacei na mala de couro, achei: a peixeira brilhava no amanhecer. Os dois lados, afiados que só gilete, cortavam vento, pensamento, e se faziam ruindade. Pensei: pensa homem, direito, não, ele vai conhecer hoje, se vai. Safadeza dele. Não está vendo?

No trem, nessa manhã, os jogos não me atraem.

— O que é que tem, homem? Vem jogar — dizem.

— Está descorçoado? A mulher não quis te dar?

— Não brinca, digo.

Torço o pescoço entre a multidão pra ver a manhã já cheia de passantes que, na velocidade da composição, colorem a rua em rabiscos coloridos. Deixa bonito o mundo, esse mundo de Deus. Esse sol que custa a aparecer, hoje parece que está descontando. Brilha que faz gosto.

Penso em me arrepender, deixar tudo pra lá. Lembro a mulher, as crianças, a cabeça pensa pouco, só vejo adiante os oito anos de firma. Quem pode esquecer o que se é trabalhado?

Decidido, a fábrica me parece diferente, mais suja, paredes descascadas, tecelagem onde fios penetravam entre as unhas, no nariz, e empreteciam o catarro, e a mulher culpava o cigarro.

— O homem já chegou? — pergunto ao seu Nestor da portaria.

— Não, mas está pra chegar — diz ele.

Espero. Procuro um canto mais afastado, onde antes descansava da meia hora de almoço, estirado na calçada, aperreando as mulheres que passavam.

Rua de pouco movimento, quase nada. Um carro ou outro.

Dei pra reparar nos automóveis que passavam. Logo, o homem chegou e encostou o carro na calçada.

Aproximei: sempre no assunto certo, só que o meu, trabalhado, sem favor nenhum.

Não esperei a resposta, já sabia qual. A faca tirada da bainha falou mais alto no gogó do homem.

— Vou esperar até mais tarde, no bar em frente — disse eu. — Prepara a papelada, se não, depois, não digo mais nada, completei.

Soltei o homem, paletó amassado, ele amarelo, branquelo, medroso.

Atravessei a rua sem olhar pra trás com minha razão. Sem favor nenhum, remoí nervoso.

O empregado do bar me serviu o guaraná, fui ficando calmo, tragando o liquido devagar para o tempo passar. Aí, imaginei coisa. Cheguei no balcão, faz obséquio de guardar, e entreguei a virgulina amolada e embainhada. Pelado de arma, matutei até a hora em que a viatura da polícia encostou na calçada. Os homens desceram e pararam junto à mesa. Não devo nada, pensei, mas esses caras podem inventar.

— Levanta, documento, conta tudo — disse o guarda da frente, gordo, jeito honesto, superior.

Confiei, contei tudo, tudinho quase.

— E a arma? — disse o outro polícia.

— Que arma? — Me fiz de bobo.

O polícia me revistou de cima a baixo. Senti cócegas, mas não sorri.

— Nada tem, chama o homem — disse um, sei lá qual.

Aí um foi chamar. O homem chegou. O pessoal no bar arrodeou, esperando.

— Não quero desavença, não — disse eu, olhando matreiro para o homem. — Sou de paz, só quero os meus pertences. Tenho direito.

Então o seu Nestor da portaria disse:

— Esse cara é louco.

— Louco, não, chefe de família, sim — repliquei consciencioso.

O guarda gordo pediu cafezinho, *põe na conta do homem*, disse, pôs o braço forte no ombro dele, e argumentou:

— Gostaria de ver seus filhos crescerem, poder enriquecer mais e mais, tem amor à vida? Pague pra ele. Podemos vigiá-lo por hoje, amanhã e depois? É isso, já entendeu?

O homem balançou a cabeça, dizendo sim. Fiquei ciente, o guarda fez bonito, não mais procurou caso.

O trem abarrotado de gente não me desanimou. Desempregado, mas com riso de patrão, dinheiro no bolso, precisão muita, segurança por uns dias. Já basta por hora.

Amanhã saio por aí novamente, procuro emprego, trabalho. Profissional com registro anterior, não vai ser difícil. Tudo de novo: três horários, já acostumado.

Vai chover. Os pingos apressam-se ao pensamento e respingam forte na janela suja do trem. *A faca?*, lembro. *Fica.* Imagino: *O homem se serve dela.*

Hoje dormirei mais tranquilo. Domingo, pego os meninos, a mulher, e vamos ao zoológico, cinema, passear em algum lugar. Nem sei se ela vai gostar da ideia, coitada, tanto tempo sem sair.

Lembro, fomos ao cinema uma vez. Logo depois que casamos. Dinheiro curto, com rédeas. É mesmo. Foi isso. Não está vendo?, tanto tempo sem diversão. Só trampo duro, pouca folga, condução apertada.

Tudinho para domingo, programado.

Os meninos, eu sei, vão dizer:

— Não acredito, pai, é sonho.

Eu vou dizer:

— É não.

— Tão bom, sim. — A mulher dirá, limpando as mãos molhadas no avental, correndo para a cozinha.

Foi verdade. Tudo como pensei, certinho. Só não esperei que Reginaldo, mais novo, chorasse.

A televisão fala baixo, alumia a sala de luz apagada. Do noticiário, sei lá onde, falam em luta, em outros lugares se matam. Aqui, o salário mínimo aumenta, impossível de viver, mas que apesar de tudo todos estão... Não sei se devo... Deixa. Já decidimos, domingo, todo mundo, iremos ao cinema aqui no bairro mesmo.

13. ENTRE QUARTO E MEDOS

Dizem que é obsessão, que as olheiras crescem, do trabalho para casa, não saio mais à rua, não quero ter mais amigos, nem no trem mais converso, gostava de falar, contar casos, discutir futebol, agora, arisco, vejo as ruas passarem deformadas na velocidade, com os olhos esgazeados, pensando, só pensando.

— Vai acabar louco — dizem, sorrindo, no vagão comprimido de gente.

— O que te aflige? Conta. — E mais sorriem.

Um alívio na estação que chega. Disperso na multidão que ignora a passarela, atravessa sobre os trilhos e penetra nas ruas diversas em diferentes sentidos. Poucas pessoas na mesma direção que a minha. Na rua desocupada, abro o portão sem tranca e entro no quarto vazio.

Ninguém me espera.

Ali a janela única que se abre a um ponto próximo e fixo, onde somente o pensamento vaga pela escuridão. Vou impelido a lembranças transportadoras de distâncias. O capim orvalhado umedece as pernas de calças curtas em direção ao contato primeiro do sexo. Embriago, sim, ante as deformações da infância, descobrindo-se. Numa manhã, clarear a obscuridade de catorze anos e sentir-se homem. Agora sou homem. Abraçar-nos cautelosos na sombra da jaqueira, entre as folhas macias, sobre as mesmas, úmidas que o vento derrubou, nesse tempo de sempre verão. Enraizar-me momentaneamente nesse corpo quente, concentrado, longe e sem fugas de memórias.

O barulho do chuveiro ligado indica que ela, *nem sei o nome*, já chegou, *não sei de onde!*, no trem ou ônibus, mais cedo, e deixa a água reconfortante descer pelo corpo nu.

Na noite, me seguro à janela, me apoio e espero que a luz se acenda no quarto em frente.

Espero. Três noites mal dormidas, à espreita, sem sucesso, aguardam esse momento de vê-la. Nua? Melhor. Mais importante que o trabalho de sair pelos bancos trocando cheques, subir e descer elevadores, parar em descanso pelas esquinas. Sim, ver o reflexo dela no vidro quebrado da janela do trem, onde o vento entra forte, mas não incomoda, no fim da tarde. Correr sem preocupação de jantar e esperar com os olhos esse corpo envolto na toalha felpuda e macia.

A luz em frente se acende, uma mariposa grudada na parede se assusta e teima em voar, escorrega e tomba ao chão. O debater de suas asas se mistura à música que ela sintoniza no rádio de pilha. Assusto, também. Um cão ladra pela noite.

O último trem passa seguro e veloz nos trilhos molhados e escorregadios. Murmúrios? Sim, ouço vozes baixas. Ontem, hoje, amanhã, posso vê-la, mas à distância. Sei, sim, que só a imaginação, somente ela, pode nos aproximar. Fico corado da intenção premeditada, não para observar esse encontro, mas, sim, para sentir o seu encostar na cama, o tirar das roupas sem vulgaridade, se admirar no espelho grande da penteadeira, segurar os seios e acariciá-los levemente. Apalpar-se, revirar os olhos, excitada, convidativa para a imagem que reflete, consciente que está só. Sentar na cadeira e as suas formas ocuparem o espaço e delirar solitária, envolvente; desconfiar do lado que a petrifica, olhar assustada; escondo-me rapidamente, *quase!*; e ela volta a sorrir para o seu reflexo dessa preocupação boba.

Retorno cauteloso à posição inicial.

Os pensamentos e as vontades sobrevoam os alicerces mal construídos e inacabados. Sonho. Eles descem suavemente, não como uma mariposa tola e frágil, cortando o ar parado do quarto.

Abraço-a forte, passando a língua em seus lábios finos, devagar, sensual, devagar... Seguro os braços e contorno cativante o corpo e a carrego de mansinho para o colchão de lençol branco como as nuvens.

O amante incomoda?, pergunto, ela diz não, e acaricia o meu peito no ritmo da música que não incomoda, indiferente ao tempo chuvoso que faz lá fora. A cicatriz que sobressai no seu braço de pele fina e sensível diferencia em cor do resto do corpo que arrepia os pelos em contato com os braços longos que agora atrapalham um pouco, só um pouco. Ela submissa e eu dominador, nos aprofundamos em plena claridade da luz que incide sobre os nossos corpos. Essa noite será uma lembrança interminável e duradoura. Esse suor salgado e quente me queima os lábios e afogo-os nos seus que também não são frios. O espelho reflete somente os tecidos que nos cobrem e nos fazem suar nesse delírio final. Nos entregamos. *Virei mais vezes, virei sempre mais vezes*, digo. Ela sorri, eu também; gargalhamos.

Vejo que estou só. Com a memória fértil, as lembranças, os sonhos. Tremo. Não de frio. Os pingos de chuva entram pelas frestas e molham-me o nariz, achatado à janela. Não.

Que faço? Não, não tenho esse direito. Penetro na intimidade... Atraco os braços no cobertor como a procura de ter que arrastar a vista, mas não consigo, sei que não devo. Detenho os olhos, viro-os em direção oposta, mas o casal os atrai. A chuva também molha na janela em frente, o par pouco se preocupa. Ela deita devagar, devagarinho.

Vem, ela chama, não me faça esperar. O homem segura em suas nádegas, suavemente. Ele envolve seu pescoço e lhe acaricia a nuca, desfazendo-lhe os cabelos compridos.

Um gato grande, peludo, molhado, atravessa correndo na divisão de espaço que nos separa e passa esquivando-se da chuva, indiferente.

Gostaria de gritar, *essa mulher é minha*, mas tenho medo; teria de vestir-me, sair na chuva, medo de gritar, de nunca mais vê-la. Amanhã tenho que levantar cedo, sair pelos bancos, ver na tarde o reflexo dela no vidro quebrado e à noite correr pelas ruas, entre a multidão, para esperar a chegada, nem sei o nome, dela.

Esperar, amanhã, ou depois, um dia, em vê-la sozinha. Respingam gotículas de água e banham-me o rosto. Uma noite terrível! Embaçados, vejo agora, e vou dormir, os corpos que se fundem num só, real e sensível.

14. PARAGENS

Anda.
No saguão.
O cimento esquece
o seu último passo.
Ferreira Gullar

Condenado à vida. Nessa hora, no vaivém nas ruas de São Paulo, é o caminho de volta, o retorno do trabalho, corpo cansado, apressado de chegar em casa.

Faltam cinco para a meia-noite.

Chove. Ontem também choveu, mas chuva mais fina, mais rala. Ainda mais sem guarda-chuva, anteparo nenhum, para que fui esquecer – imagino agora no lado esquerdo da avenida Cruzeiro do Sul. Penso, também aqui chove sem ao menos esperar. Primeiro a preparação quieta, nuvens negras chegam de longe vindas da Serra do Mar; depois, trovões, relâmpagos e chuva. Preciso correr, deslanchar os pés nessa avenida, correr muito me livrando dos pingos fortes que me seguraram debaixo deste viaduto.

Faço trejeitos de ir, correr muito, não vou. Espero. Os respingos de chuva batem no asfalto coberto de água, rebatem fofos, sobem e novamente descem encontrando a enxurrada que descamba pela avenida levando a sujeira daqui, veloz.

Imagino o último trem chegando, freando, a parada pouca na estação e ele ligeiro partir, o último da noite, e eu depois voltar por cima do rastro, e saindo na avenida de volta, aflito, procurando um maldito ônibus que nessa hora já sumiu, que me deixaria perto de casa. A chuva. Preciso enfrentar e ir com coragem. Depois será muito pior. Preparo o bote de cair com passos firmes na avenida molhada, ensopada, água subindo na calçada, detritos boiando. Passo as mãos nos cabelos e limpo-as nas calças enxovalhadas, as gotas caindo mais forte, descendo corredeira abaixo, avolumando, crescendo – decido. Vou.

A chuva me atinge o rosto, o peito, as pernas, os sapatos se cobrem de água, tudo de uma só vez, com violência. Suspendo as calças até a altura dos joelhos, correndo, chapinhando, enxurrada amarela.

O vento zune quando alcanço a abertura da minha primeira estação, Tietê, vazia.

Subo as escadas deixando a chuva no meu rastro. No corredor, silêncio. Não tanto silêncio: o barulho dos sapatos molhados pisando o assoalho. Não há mais silêncio: no fundo do corredor duas mulheres limpam, varrem o chão, devagar. Passo por elas. Me olham com olhar reprovador e acompanham com os olhos o rastro úmido que segue o meu destino. Na bilheteria, o homem me olha com olhar de sono, demora no troco e me entrega moedas, me enchem as mãos, jogo-as no bolso molhado. O relógio da estação, primeira estação, aponta meia-noite. O meu, de pulso, comprado à prestação na rua José Paulino, faz força para funcionar, os ponteiros não conseguem vencer a umidade que entrou pelo mostrador.

— Merda de relógio — digo nervoso.

O trem alumia a boca esquerda da linha, o túnel escuro, e vem veloz, ligeiro, brecando, parando, chiando as rodas de aço, se aproximando. A estação vazia de passageiros. Afasto-me da faixa amarela, logo depois o aviso: não ultrapassem a faixa. A composição para, as portas se abrem, entro. Logo dá para ver a vista se embaçando no vidro molhado da janela, o rio Tietê crescendo lá embaixo, aumentando, descendo sujeira, a imundície de São Paulo descendo pelos bueiros abertos na beira do rio, engrossando e sendo tudo levado para longe até encalhar junto à fedentina vinda de São Miguel, Penha, Tietê abaixo. Tudo isso passa nas vistas. Próxima estação, diz a voz sem entendimento dentro do vagão, rouca, metálica.

Ponte Pequena. Um zumbido, apito, sei lá, a porta se fecha. A composição corre, imagino os ferros presos às rodas, grudados nos trilhos, o túnel turvo se abre engolindo a composição no fundo da terra. Vejo o túnel escuro lá fora, o mundo fechado coberto de concreto, correndo, correndo sem nada estancar a corrida veloz pela noite, aqui dia como se fosse noite, noite parecendo noite, o farol na frente da composição alumiando. Acima, a chuva ainda estaria alagando as ruas e enchendo os bueiros? Ainda chove?

Chovia. Um dia em São Miguel Paulista, meses depois da vinda para São Paulo, numa pensão da rua 4, me dei conta de que era morto. Para confirmar ainda mais o meu pensamento, uma voz me disse, bem junto ao ouvido esquerdo, você está morto.

Naquela hora, me vi caído no quarto. Era um cômodo miúdo, e minhas pernas estavam dobradas e encostadas no fogão de duas bocas. Vi, lembro, uma sombra clara pairar sobre o corpo inerte. Por alguns segundos, vi aquele ente parado de mau jeito, mas a cada instante ele queria se afastar logo dali, como estivesse sendo sugado por uma força estranha.

À frente, uma caverna escura. Parecia a construção de uma mina antiga e abandonada ou o túnel do metrô. À frente, vi a luz brilhante e azulada, que me guiava em sua direção.

Tive medo, mas não sentia nada no coração sem movimento. De súbito, chegou uma onda de felicidade, então desconhecida, a sombra se agita ao atravessar a luz e, logo depois, seguiu em frente vendo rostos conhecidos de parentes e amigos há muito tempo falecidos.

Vi minha mãe morta. Vi o riso de uma criança que um dia acompanhei o nascimento. Vi o cachorro chamado Rex, que o pai presenteara na infância. Mais adiante, entrei numa cidade de prédios luminosos, jamais vistos. Passo por ruas sem carros, sem movimento de gente.

Mais adiante, vi uma barreira. Na verdade, uma cerca viva de uma árvore florida. Tudo fechado. Então, me movimento para um lado e, de repente, sinto como mergulhado até o pescoço num rio de águas claras.

Ouvi uma voz bem alta, de tonalidade doce:

— Esta é a eternidade.

Em meu pensamento, pergunto, o que é isso?

A voz novamente responde:

— Este é o rio da Morte.

Depois disso, o silêncio durou séculos.

Tiradentes. Santiago, herói da construção? Não. Santiago morto, homem esquecido. Poucos lamentaram a ausência de Santiago. E Santiago, na lonjura da gente, lá em outros cantos onde rondavam os mortos. Velado ainda pela tristeza calada na noite escura pela mulher lá dele que não soltou um soluço sequer, lágrima por pequena que fosse, ficando tudo no sentimento bem dentro do corpo.

— A construção matou Santiago! — Isso a mulher dele que disse. Ele que ergueu as paredes do prédio, que elas subiram brancas e enormes. Paredes que abraçaram Santiago numa tarde de chuva. Chuva que lavou o corpo de Santiago, estirado na lama.

— Um homem se acidentou! — disse o feitor.

Cada um com seu destino. Boa-pinta, brincalhão com os amigos e farreador com as mulheres, assim era Galego. Escondia debaixo do chapéu uma cabeleira loura, bem cuidada. Trazia a camisa abotoada até o colarinho, as mangas compridas espichadas, para não se bronzear, dizia, gente morena é o que mais tem por esses cantos. Não sei se pela brancura da pele, pelo verde do olho ou pelas correntes de ouro no pescoço e no pulso, as mulheres gostavam dele.

Uma vez, a gente pegou serviço em Santos. A firma pagava uns quartos para todo mundo numa pensão, três ruas atrás da avenida da praia. Lela, a filha do dono, era bonita. Naquele dia, ele pediu a chave do quarto, ela fez questão de mostrar o caminho. Seguiram por um corredor sem fim e, lá na frente, dobraram à esquerda, de onde se podia ouvir o barulho das ondas do mar. Na beira da cama, ele alisou o travesseiro de plaina. Ela botou os olhos nos olhos dele e ficou olhando Galego, mas sem dizer nada. De repente, os dois se atracaram feito duas feras se acasalando.

A partir daí, toda noite ela batia no quarto de Galego. Uma semana depois, já exibia um anel de noivado. Meses depois, quando acabou a primeira etapa da obra, a firma mandou a gente terminar uma outra no Paraná. Galego disse para Lela que voltaria em breve. Prometeu, juro que volto. Era mentira.

Chovia na manhã seguinte quando deixamos a pensão, em Santos. Lela não desceu, ficou trancada no quarto, aos prantos.

Depois de muitas baldeações e quatro dias sacolejando em ônibus, chegamos de noite ao acampamento no Paraná. Perto de Londrina. A poeira vermelha cobria o mundo. Era sábado. Arrumei meu projeto de cama e fui descansar. Galego, depois de um banho de mangueira e outro de perfume, partiu para um lugarejo. Quem esteve com ele no baile voltou dizendo que depois da primeira contradança e do primeiro beijo na nova vítima, Galego passou mal. Ficou meio esquisito. A boca entortava um pouco para o lado, como se estivesse dando um sorriso maligno.

No domingo, passou o dia inteiro no alojamento, olhar parado, meio amuado. Aí, levaram ele até a cidade procurando um médico. Um colega de trabalho, que conhecia a região, disse que em casos como o dele era melhor procurar uma rezadeira ou benzedeira, que é gente da mesma laia. Foram, mas sem nenhum sucesso.

A última notícia que tive de Galego foi muitos anos depois. Me disseram que vivia na casa de uma irmã, em Serrinha, na Bahia, aposentado por invalidez. Estava magro, feio, com a barba grande e quase banguela. O cabelo louro, maltratado, batia nos ombros e lembrava o beato Conselheiro.

Luz. E houve falta de. A composição parou. Tudo desclareou, turvou tanto que mudaram as formas de ver. As trevas perduraram por longos segundos, demorando, todos impacientes, preocupados, a claridade não vinha, pois veio, no sétimo segundo a luz voltou, se fez, alumiando.

Passam nas lembranças os caminhos de um tio, Leir. Foi o primeiro da família a procurar São Paulo. Parece que o vejo no meio de um movimento de grevistas da antiga Light como, já idoso, relatava sua história.

Bondes parados. De longe, ouviu então os chefes do movimento. Ocultos pela sombra de uma árvore, na rua Progresso, observavam o movimento no interior da estação. Já era madrugada.

Nesse momento, a chuva aperta. À luz dos relâmpagos podia-se ver a disposição dos trabalhadores, vestidos em pesadas capas, chapéus desabados e grandes cacetes na mão direita. Quando Leir se aproxima, destaca-se do grupo um rapagão com capa de borracha e portando grossa bengala. Olha firme nos olhos dele e, sem dúvida, pensa em uma pessoa suspeita. Sem dar tempo para que ele esboce uma simples palavra, disse bruscamente, quem é você?

De repente, como por encanto, aparece na sua frente um batalhão de soldados. Estavam armados. Os olhos deles brilhavam na esquina escurecida. Na verdade, Leir estava bastante assustado. Afinal, esperava ali apenas o primeiro bonde, o primeiro carro da manhã.

Em todas as ruas das proximidades, viam-se grupos de motorneiros parados. Em frente à estação, no interior do Café Intendência, havia um grande movimento. Via a greve, ouvia-se de vez em quando.

Eram três horas da manhã.

A chuva passara. Na esquina da rua Progresso, estacionou o grupo de grevistas. Naquela hora, havia ali, somente, um sargento e duas praças da guarda cívica. Logo depois, chegaram dois agentes acompanhados de um alferes da guarda cívica e do terceiro subdelegado do Brás.

Dois deles se dirigiram ao grupo e pediram que se dispersasse. Só um grevista não atendeu, e o alferes lhe deu voz de prisão. Foi o bastante para que os ânimos se exaltassem, e uma cacetada foi vibrada nas costas do militar.

O alferes sacou da sua espada e avançou resoluto para os grevistas, juntamente com o subdelegado e um agente. Foram, então, recebidos com uma verdadeira descarga, disparando-se mais de cem tiros de revólver, três mortos e quinze feridos.

Por fim, às quatro horas da manhã, saía o bonde do correio. Levava dois soldados de armas embaladas e era acompanhado por um soldado de cavalaria. A esse bonde nada sucedeu, pois os grevistas consentiram com a sua saída. Logo, chegaram mais oitenta praças de cavalaria sob o comando de um sargento.

Animado com isso, um motorneiro fura-greve, que todos chamavam de Torero, aventurou-se a sair com um bonde, levando um condutor. Ao chegar à rua Bresser, um numeroso grupo de grevistas atacou o bonde, tirando a alavanca e fazendo-o parar. Torero levou algumas cacetadas, ficando com um corte na cabeça e ferido no braço esquerdo.

Nisso, interveio a cavalaria com novo tiroteio. Na rua Progresso, Leir vê armas de fogo espalhadas pelo calçamento. Mais adiante, um grupo de grevistas corre e se esconde em esquinas nubladas de garoa. Guardas atiram na escuridão. Em seguida, chega mais um reforço de dez praças da guarda cívica. Junto à estação da alameda Glete, um alferes conferencia com alguns motorneiros, que declararam guiar os bondes, se tivessem garantias.

— Vamos, saiam logo — grita o militar. — Vamos, rápido.

O dia clareava. Um veículo, protegido por quatro guardas armados, sai da estação sob o comando do motorneiro Francisco Cilento. Na portaria, os grevistas, nessa hora amedrontados com a carga que a cavalaria fizera sobre eles, deixaram o bonde sair.

Leir ouviu, ao longe, o disparo de três tiros de revólver. Um carro de carga, que passava pela avenida Rangel Pestana, foi assaltado nas proximidades de um posto policial. Caído ao chão, com uma mancha de sangue na camisa bege, um grevista grita: Socorro, vou morrer.

Os bondes, em número muito limitado, começaram a correr pelos trilhos ao lado da estação da alameda Glete. O conflito amainava. Os grevistas mais exaltados sumiam na sombra de ruas mal iluminadas. Sem maiores problemas, os bondes já transitavam pela avenida Rangel Pestana.

Na tentativa de minar o movimento grevista, a Light havia impedido a saída do pessoal que recolhia os bondes e fechava o turno. *Quem for embora está despedido*, alertava um chefe.

Ao amanhecer, havia na estação da alameda Glete trabalhador suficiente para colocar todos os bondes em movimento.

Às seis da manhã, saiu o primeiro carro, o da Liberdade, e depois outro, o dos Correios. Quando deixaram a estação, porém, um grupo de grevistas se colocou à frente dos veículos. Um praça mirou o revólver em direção à perna do líder. Ameaçou: *Se subir, atiro sem dó nem piedade.*

Cada vez mais longe, ouvia os gritos dos ativistas, *viva a greve.*

O movimento chegava ao fim. Logo a seguir, saíram os bondes 243 e 63, mas não eram os números que passavam ao lado da metalúrgica em que Leir trabalhava. Logo, ele pega o bonde para a Ponte Grande, o primeiro da manhã para o seu destino.

São Bento. *Um, dois... sete!*, contei. Sete companheiros. Até quando sete? Eles poderiam ir até a próxima estação, poderiam ir até a última, quem poderia obrigá-los a não descer, subir? Quem? Podiam, sim. A composição poderia correr sem parada, varar estações sem obediência a nada, poderia até estancar em alguma estação qualquer, e se as portas não abrissem? As pessoas, sete passageiros, ficariam só olhando pelos vidros, os homens de fora vestidos de preto sorrindo deles, cuspindo no vidro, e o trem correria novamente com os vidros manchados de cuspe no lado externo, de marcas de mãos aflitas sendo agarradas, sujando o vidro por dentro, as cabeças recostadas nas janelas vendo a estação desaparecer na velocidade, o zumbido nem soaria avisando que a composição tinha partido. As portas fechadas continuariam trancadas, lacradas, e, dentro, medrosos, os passageiros se entreolhariam, mexeriam os olhos para todos os lados, cantos, sem direção, entendendo tudo, todos trocariam palavras, se conheceriam mesmo sendo uma aproximação pelo medo. E eu identificaria neles os semblantes ansiosos, o olhar angustiante de assistirem as estações passarem, um vulto de estação que não dá para ver que ponto é, só rabiscos, sombras de nome. E pelas palavras deles, mesmo medrosas, começaria a conhecê-los. Poderia fazer comparações, por que não?, compará-los com outras pessoas que conheci nesses anos de vida e sentir uma alegria em saber que posso conhecê-los. E fui vendo. Sentado num canto parecia dormir. Queixo caído, o olhar se arrastando e conferindo o assoalho limpo. *Aquele homem subiu em qual estação?*, me perguntei, e encontrei Martiniano.

Liberdade. E eles chegaram sem pedir licença. Martiniano ainda fez forças na porta, que veio abaixo, depois gritos, raiva, palavrões e ódio. *Foi você, seu puto*, um deles gritou. Martiniano sentiu o peso de uma arma na cara, a raiva, incontida no rosto, no peito de um, o desejo de outro de matar nas unhas, nos cabelos, nos colhões, nos braços, na carne, na alma. E Martiniano sumiu. Sumiu de corpo e se ainda fosse vivo também sumido de alma; homem forte Martiniano; vivo ainda hoje, estaria ali sentado no lugar daquele homem que olha o chão.

Nessa hora, sinto a ligeireza da composição e me lembro da secular casa de meus pais, que ontem foi de meus avôs paternos e hoje pertence a meu irmão. Tudo ali estava longe dos barulhos da cidade grande, nada de britadeiras, escapamentos, freadas, gritos de dor.

A antiga casa era simples e bonita. Sempre pintada de branco, tinha janelas de cor azulada e plantas e flores plantadas rente à calçada em frente. Recordo de um antigo pé de são-joão, onde visitas amarravam nos galhos fortes animais de montaria. Lembro-me também de um canteiro de margaridas que, um dia, arranquei tudo montado num cavalo rebelde em festa de argolinhas.

Mas o melhor mesmo é o rio. Uma represa construída já quase na sua nascente podou muito de sua fúria em épocas de chuva, mas o livrou do corta não corta dos períodos de seca. Os rios, dizem, se parecem, mas o Aipim é diferente. Só eu sei das suas águas que batem nas pedras como cheias de música e correm, sob o sol, com reflexos que lembram danças. Na saída de Bananeiras, ele é sempre o símbolo da partida. Nas despedidas para São Paulo, quem pode esquecer o carro quando cruza a velha ponte de madeira?

São Joaquim. Não me vem nesses rostos alguma lembrança de santificação, beatificação, santo de nada. E foi assim que, sem ninguém esperar, o homem ao lado levantou, abriu as pernas se equilibrando e cantou: que são Joaquim é pai de Maria; Maria é mãe de Jesus; Jesus é pai de Francisco; Francisco é pai de Sônia e amante de Pedro; Sônia vive e dorme, toda noite, na mesma cama com Maria; e, então, toda a multidão tinha se calado, orado no nascimento do filho desse amor recente.

Doideira da cidade grande, penso, São Paulo tem muita gente só.

Aristides era um deles. Num bar em Santo Amaro, sempre o encontrava, nas horas de pouco movimento, polindo a pedra azulada de mármore desgastada do balcão. No final da noite, quando não havia mais fregueses, sentava-se a uma mesa de ferro e ficava ali, até bem tarde da noite, junto à escada que leva ao banheiro, de cabeça baixa, parecendo fitar num olhar sem fim o reflexo de sua antiga juventude no copo amarelado de conhaque.

Era um faz-tudo, inclusive cozinheiro. Aprendeu no mar a fazer o badejo ou a corvina assados na brasa. Os pratos simples, preparados com apuro, eram disputados entre meio-dia e uma hora por esfomeados peões de construção civil.

Era um ser muito triste. O segredo de sua solidão foi o amor não correspondido por uma mulher que, um dia, fora sua esposa. Dizia que a mãe da moça tinha sido a grande ausência na cerimônia. *A gente já é pobre e você vai se casar com um rapaz mais pobre ainda?*, reclamou da filha. Veio a resposta, *o que que tem? Ele é trabalhador*. A mãe disse com suave crueldade: *Sem dinheiro ninguém vale nada hoje. Se casar com gente pobre hoje não é bom negócio.*

Anos depois de casados, Aristides resolvera deixar Janice e, numa véspera de Ano-Novo, arrumou suas coisas e sumiu no mundo. Há coisa de duas semanas, encontrei com ele numa rua do Itaim Bibi. Com boa aparência e mais falastrão, comentou das dificuldades de viver sob o mesmo teto com uma sogra que vivia cobrando que ele fosse rico.

Seguimos os dois pela rua Joaquim Floriano. Na esquina com a Bandeira Paulista, me despeço. Antes, porém, pergunto por Janice. Ele não responde e, sem olhar para trás, atravessa cauteloso a via tomada de trânsito. Na calçada ao lado, Aristides se volta e acena com a mão direita. Deu para entender que Janice era, realmente, coisa do passado.

Vergueiro. E alguém dentre os sete dentro do vagão riu, riu de boca escancarada da loucura, a risada aboiando boiando dum canto a outro, os olhares olhando lá fora a estrada túnel de cimento e procurando o riso frouxo, alegre, que se metia entre bancos, frestas, frinchas dos vidros como vindo de fora, como vindo do aparelho de circulação de ar que continuava girando, girando na risada que ecoava. Alguns também com princípio de riso querendo acompanhar o mesmo tom da risada alta, todos começando, o riso coletivo vindo, chegando, acompanhando o outro riso só, o primeiro receio destonando o riso, apaziguando agora, veio, gargalharam em um eco só, as bocas se enchendo de riso.

Paraíso. A chuva não é de ter parado já. O córrego Pirituba, Mandaqui, Cabuçu, São Miguel, tudo engrossando lá fora. Noite que lhe fez noite, chuva que lhe fez chuva, e a chuva lá fora caía. O Tietê vazando pelas marginais, mudando as direções dos carros noturnos que pouco passavam. E vi Tonha correr dentro do seu barraco, na favela da Marginal, correr aflita e gritar: onde botar o colchão, o fogão, os meninos onde botar; a água subindo e levando e lavando as palavras dela que se elevaram sem eco e se perdiam na imensidão dos prédios altos, vinte, trinta andares, a cidade bem ali, todos alumiados. Alumiados de luzes foscas de chuva; o vento, a noite escura, a água que adentrava barraco afora. O colchão boiando. O fogão caído coberto de água.

Ana Rosa. Agora não é uma visagem que me traz lembranças, mas, sim, um nome. Rosa. Rosa de um amor primeiro. Rosa de uma metida seca, arranhenta, no sexo depois úmido. Rosa que se falasse de Rosa na fábrica, diriam bobeira, besteira, mulher tem muita, tal e qual. Vou pensando. Rosa abrindo as coxas pela primeira vez – *não, não, não* – ela grita, e meu suor lambuzando a barriga dela, grita, grudando no lençol da cama e um medo, a angústia, de terminar logo aquele gozo sem dar tempo a ela de nem pensar na palavra não dita, derramar a gala branca nas pernas dela, olhando pela janela da casa de taipa, sem vulto nenhum a espreitar, mas o medo, vendo gente olhando dos cantos da roça, nas cercas, sentindo prazer antes nunca sentido correr nas veias, agitar o sangue, pegando nos seios dela, brincando com eles entre os dedos, a mão descendo de leve, descendo e escorregando pelas ancas, o meu pulso no pulsar descontraído.

Vila Mariana. O riso de antes há muito se tinha ido. Um homem cego quis começar brincadeira, ninguém acompanhou, ele ficou procurando dos vários cantos o acompanhamento, nada veio, o riso dele foi morrendo, sumindo pois, sozinho, se apagou. Então alguém se lembrou e disse bem alto que faltava chorar. E esse alguém por primeiro chorou. E tudo recomeçou, tudo unido, uns chorando por algo sentido, choro de morte, choro de dor, angústia, tristeza, traição, ódio, injustiça, tortura; outros, por acompanhar um outro, chorando por começo sem nada pensado, depois, descobrindo o motivo, um motivo de antes, de depois, futuro e passado, de criança bestando e apanhando de pai, relembrando caso que se foi, que se vem, que já se viu, que já se falaram. As vistas se limpando para muitas histórias, lágrimas penduradas nos olhos de verdade, de brincadeira, de ser pura, virgem, mãe, pai, homem, mulher, e tudo triste.

Santa Cruz. *Calem-se todos*, gritei. Ficou no ar o barulho da velocidade da composição entre o túnel de concreto, o zoar monótono do aparelho de ar, o resto, vozes se existiam ainda alguma, risos se porventura alguém tivesse esquecido os traços alegres na boca, choro de alguma lágrima atrasada, impertinente, que tivesse demorado na lembrança, tudo calou. Não sabia por que tinha gritado. Por que não ouvir risos, choros?

Praça da Árvore. Há alegria forçada, choro, não. Há barulho parecendo de latas jogadas ao chão, de ferro batendo contra ferro vindo de fora. Há silêncio de palavras aqui dentro. Ouço mais forte o zoar da composição ligeira que entra por baixo das portas, pelas janelas, parecendo chegar do assoalho, por baixo, de lado, estou ouvindo. Não há mais o riso ou choro do cego, que por primeiro começava tudo, esse riso insatisfeito não queria. Sim, a composição tomando forma de casa, lembrança distante, além do concreto, lonjura da chuva, muito além dos passageiros calados, sentindo como se estivesse bem junto, agora cego para sete passageiros, para tudo aqui dentro, ia vendo, agora tão longe, mas chegando, parecendo grãos de areia miúdos, formigas, depois crescendo, criando vida, formando a casa, as vidas dentro dela, tudo direito como verdade, ampliando na vista, crescendo, cresceu, participando no olhar.

Saúde. Vejo: Avelina acudiu correndo quarto adentro. Deixou a vassoura sobre a cadeira da sala e sua voz aprofundou-se primeiro sozinha entre as paredes do pequeno cômodo rumo à criança que, despertada, parecia dormir de olhos abertos e suplicantes. Tremeu o vidro de remédio na mão de Avelina. Colocou a colher na boca do menino. Um líquido grosso, esverdeado e gosmento.

— Vá, filho. É para seu bem. Tome! — disse.

A criança não parecia ouvir a súplica. Os olhos abertos olhavam ou pareciam olhar o telhado sujo esperando limpeza, onde uma pequena aranha tecia a sua teia, vagamente. O dorso miúdo do menino, as pernas magrinhas e definhadas, os pés pequenos e magros escondiam-se no colchão enorme estirado no assoalho. Ele ergueu a cabeça, lambeu superficial e enojado o líquido da colher que a mãe lhe oferecia e cuspiu fora sujando o vestido azul de Avelina. O menino fechou os olhos com a dor que apertou forte e, indiferente à aranha tecelã, gritou alto, sofrido.

Bernardino largou a cadeira que levava para a cozinha e correu para o quarto. Entrou. Viu a mulher encostada, derreada junto ao colchão e imaginou a criança morta entre as mãos trêmulas de Avelina.

— Avelina! — chamou-a.

Ela levantou a cabeça, aprumou as vistas na direção da porta e olhou para o homem com o rosto sofrido, angustiado. Os olhos úmidos continuaram a olhar em frente, como esquecidos da criança que contorcia dolorido sobre o colchão, respirando fraco e descompassado.

— Vou procurar o doutor, um recurso qualquer — sobressaltada disse Avelina.

Levantou-se. Abanou a poeira que grudara à saia.

— Não, Avelina! Espere um pouco. Toda manhã é assim — respondeu ele.

Bernardino respirou cansado. Sentou-se no canto do quarto, no assoalho, recostado à parede, procurou nos bolsos um maço de cigarros, amassado, tirou um cigarro, desamassou e acendeu. Olhou para Avelina baforando tragadas longas. Ela segurou por momentos o olhar, depois, voltou as vistas para o colchão e segurou no pulso do menino.

— Ele está queimando em febre — disse.

Bernardino sabe, dentro do olhar suplicante da criança, no jeito estranho de Avelina, que essa doença nasceu acompanhando o menino, de vida seca como deserto, sem vitalidade... Ele sabia, isso é que o deixava aflito. Mudar, não! Não é mudança de ares que vai fazê-lo correr bonito pelos quintais amassando plantas e sujando a casa de barro vermelho. Ah, Avelina! Tão moça. Ficando o rosto uma magreza só. Olhos fundos, tristes, de defunto. Cabelos desmanchados, sempre.

Ergueu-se do assoalho que lhe endurecia as pernas. Escutou o choro alto, aflito, bem perto, e sentiu até a dor forte que apertou no peito magro do garoto. Fechou os olhos. Pensou em dizer novamente.

— Não, Avelina! Espere um pouco. Toda manhã é assim — completaria —, cuide de você um pouco!

Nada falou. Jogou o cigarro ao chão e saiu. Passou pela sala e abriu a porta da rua. O vento morno da manhã soprava as plantas de Avelina. Elas balançavam alegres, festeiras, mostrando a fertilidade da terra, o viço do chão vermelho. Ele atravessou o vão de terra coberto pelo mato e agachou-se ao lado do muro de tijolos pintados de azul desbotado. Sentou-se sobre as pernas escondendo o rosto. O menino crescia, a sua dor aumentava, sofria por ele. Bernardino ficou olhando os lados do terreno vazio. Abaixava e levantava a cabeça, mas sua visão não ia além do colchão estirado no meio do quarto. Ele retirou um canivete pequeno e afiado do bolso e ficou todo o resto da manhã, ora cavocando revolvendo a terra com o rosto enfiado entre as pernas, ora tosquiando um pedaço deformado de madeira.

Derradeira estação. Varei quarenta anos numa só noite, parte dela.

A viagem noturna finda. A composição do metrô para. O trem moderno estanca de vez. Desço como bêbado inconsciente e alegre, subo me indo balançando o corpo na escada, tropeçando, correndo; a composição parte levando um passageiro a menos e some no túnel direito escuro de concreto feito, na escuridão da noite. Na frente, outras paradas, quem sabe se descem ou sobem outros passageiros; vou subindo os derradeiros degraus, o vento zune na abertura onde começa a rua, chove muito ainda, o sepulcro vazio da avenida molhada me enterra vivo.

Cinco para meia-noite: a luz da rua nos postes alumia o relógio parado. Sigo calado, molhado, bestando.

15. MARGEM

1.

Aqui só existe o que é o amanhã, o de antes a gente nem pen--sa, pra quê? Pra ficar com coisa na cabeça? É melhor o pensamento vazio de passado, o vento zunindo sem chuva, fazendo eco por cima das telhas de zinco.

Aqui há história que só pouca gente pode imaginar dentro desse mundo que se descortina ali embaixo. Quando aqui é sol, ele se filtra pelos buracos, pelas frestas do telhado, e é quando esquenta, e parece dar vida àquele povo. Mas agora o vento está engrossando, já traz poeira e começo de chuva. Não, não é chuva, é pingo de uma nuvem passageira que vai se retirando devagarinho, fazendo o seu caminho, descrevendo a sua brancura no seu rumo nessa manhã já clareando.

É domingo. Olha lá Jesuíno, a casa dele é meia-água com a minha, conheço ele como irmão; não, não chama ele aqui, deixa ele se ir; vai se encostando para o lado de Biju, caminhar macio, devagar como a nuvem que passou há pouco. Jesuíno de Aristides vai chegando na miudeza do barraco de Biju, não pode ver toque de violão; é só Biju sentar na porta, é só Biju começar o toque, é mesmo que visgo, vai puxando Jesuíno pra junto. Daqui a pouco, ele se dana a cantar, vai por ali juntando gente, gente que gosta da voz dele; já começou, já canta, aquela é a primeira. É só começar vem aquela musiquinha que fala de solidão, outra de amor.

Vai escutando. Logo sai outra cantoria. Olha aquele saindo, aquele menino pisando na poça d'água – *Maurício, desgramado. Sai dessa água, vai lhe dar febre.* Saiu, tem cinco anos, ele é meu; não, tem mais quatro, de um momento pra outro aparece mais.

Jesuíno parou a primeira musiquinha, afina o violão, dá risada de Biju. Biju na certa conta caso lá do centro, olha só a gargalhada, mas o vento atrapalha as vozes e vai levando elas pra longe.

Agora vejo Lurdinha. Nela estava pensando, era quem faltava, já encostou lá para o meio deles. Se demorasse mais um pouco, eu ia dizer que andava doente, que não estava dentro de casa, que sei lá, que coisa de morte tinha acontecido. Já sentou no batente bem encostada a Biju, puxou a saia entre as pernas, encostou a cabeça nos joelhos, no jeito dela.

Jesuíno é antigo aqui. Ele que andava com o olhar escorregando de assustado no começo, agora parece outro; gosto daqui, ele sempre diz. Dos mais primeiros é Jesuíno, conta quem é de melhor memória, quem guardou tudo no pensamento carregado de história.

Quando começou a invasão disso aqui, invasão das terras sem dono nessa baixada, na quinta-feira quando cheguei fervilhava de gente como formigueiro, gente pra tudo que era canto, a desculpa de ocupar as terras era sempre a mesma, um teto pra se arranchar. De diferente só Biju. Dizia andar cansado de morar em quarto, de aguentar deboche dos outros, mas assim mesmo no dizer dele.

Tem a história de Rosalvo. História que se fosse contar de fio a pavio dava um romance, um abecê dos grossos, mas isso não vem ao caso. Morava ele num prédio desses altos, vinha pagando direitinho havia mais de quatro anos as prestações no começo até que baratas, ia dando pra custear, depois, aumentando mais que o ordenado; aí, por primeiro foi deixando de beber café, domingo nem saía de casa, cinema foi uma vez logo que se casou com Joana quando viajou pra Santos, foi depois cortando a carne da comida, pra mais depois quando não podia mais ficou uns tempos andando a pé, tomando chuva no lombo no caminho do serviço, chegava mais morto do que vivo no fim da tarde, os pés em fogo, o sapato se consumindo, e o medo de atravessar as ruas apinhadas de carros, a morte rondando pelas ruas, pois o banco ao qual ele devia decidiu despejar ele, dona Joana e os meninos. Eles resolveram largar o prédio já consumido de buracos, encanamento entupido, e vieram parar aqui.

Aqui está cheio de histórias, que se der pra contar os pingos dessa chuva enganosa, que parece que vem e não vem, só se prepara, as voltas que esse vento dá batendo por aí, seria pouco ou a conta certa. Gostamos daqui, que jeito?, vivendo vendo essas vidas que também são nossas. Pois vê. Essa terra que é nossa não é nossa; essas casas que nos servem de teto, ali embaixo, de quem são?

2.

É domingo. Comece a mirar ali do lado onde o sol se põe, depois, vá passando as vistas pelo barraco de Biju, do de Lurdinha, do de Jesuíno, passe pela água empoçada na frente do barraco de seu Bento, o menino mais velho dele brinca descalço dentro da poça parada na rua, dona Rosinha chama pra dentro.

Vá parando esse olhar, pois daqui não dá pra observar o miolo, só se vê a casca da coisa. Sinta o vento que vai barrando no barranco, jeito de chuva, logo chove como toda tarde.

O vento aqui é ingrato. Sopra no verão e sopra no inverno frio como gente morta. A água do rio corre sem anteparo, sozinha, pra longe da gente que fica parada vendo.

Essa terra miúda na beira da baixada do Tietê não foi dada de mão beijada. Nunca ninguém deu adjutório. Quando começou a invasão das terras daqui, tudo isso que o olhar alcança era só mato. Tinha cobra, pouca, mas tinha, cinco anos já se foram, naquela época quem tinha sabido deve ter dito ou pensado:

— Vou atrás do meu sonho!

Isso é história de Ateneu, outro dia, contou. Jurou de mãos juntas pra Lena, sua mulher, que logo ia haver coisa boa pra eles. Não contou qual. Ela implorou que ele contasse, deixasse de ser ruim, *conta, homem*. Ateneu, boca tramelada, vendo as feições dela em querer saber; *não, logo se sabe*, ele disse. Dessa maneira, consegui o pedaço de terra, construí esse teto, Lena quase parindo, nessa terra de Deus, terminou dizendo.

E tem vida de Biju. Assim, vezes conta escondendo passagens da vida que ele não gosta de triscar. Quando se abre nas prosas, vive contando que nem pensava em morar num lugar desse, seu pai é homem de posses lá na Bahia, tal e qual o patrão dele lá do centro da cidade, e que só saiu de lá de Irecê depois de a família dele ter descoberto os jeitos dele mais pra mulher do que pra homem: *Te mato filho da puta, tu tens que ser homem, tal teu pai, avô, bisavô*, o pai dele disse.

Aí Biju continuou contando que o único jeito era largar-se no mundo. E assim fez. Sem dó de pai, de mãe tinha, pois ele viu na mãe o sentimento e sem poder falar, só chorava nos cantos. Aqui foi conhecendo e reconhecendo o mundo, foi caminhando como se sempre andasse pra trás, recuando na vida, envelhecendo.

Um dia se botou na praça da República com os irmãos de sorte, gozaram dele sem piedade, falaram das roupas dele que eram fora de moda, botaram apelido nele de Capiau Sonhador. O apelido pegou, quando Biju apontava na avenida Ipiranga, quando passava o cine Marabá, chegando quase na praça, juntava tropinha de camaradas que se diziam amigos e ficavam gritando, baixinho, Capiau Sonhador, Capiau Sonhador. Biju foi se ressentindo daquilo, depois se afastando de lá, foi procurando outros lugares mais distantes.

A gente gosta dele. Amigo ele é. Dedilha violão domingo de tarde, dias começa até de manhã, pra alegrar isso tudo que se vê; sem contar que ele sabe contar casos de tudo que acontece nesses cantos, ninguém sabe quem conta pra ele, pois o danado trabalha o dia inteiro no correr da semana, mas é mesmo que vivesse vendo esse vento que sopra sempre aqui de sol a sol.

3.

Já se viu guerra mais renhida? Se não, fique olhando isso o dia inteiro, nem precisa, repito, esmiuçar a intimidade de dentro das casas. No domingo, ainda é melhor, pois na semana aqui é de uma tristezinha tamanha que nem tem avaliação. Imagina, agora, no correr da semana, esse mundo disperso por essa cidade toda: pai de família labutando em construção lá em Pinheiros, mexendo com química em São Miguel, saindo de noite, serviço de horários invertidos, entrando de dia com quentura de sol ainda nos olhos, recebendo o frio da noite nas vistas, saindo cego de lá da fábrica, olho marejando, tendo precisão de botar batatinha no olho pra chupar o gás, a cegueira de química.

Aí chega domingo. Todo mundo ao redor da casa de Biju, sentados entre as pernas como Lurdinha, ouvindo as musiquinhas que Jesuíno toca sem parar, só tocando, tocando, espantando a tristeza, o cheiro de solidão que aperta quando se fica quieto.

Isso aqui é muita vida, mas vem vindo mais vida, escuta só o passo fofo da mulher de Jesuíno na areia da rua. Olha, ela se livrou da lama, o corpo grande, graúdo, de pôr medo em parteira, barriga na frente do corpo parecendo estourar ou rachar de tão gorda. Nem sei como ainda anda carregando aquele bucho pra cima e pra baixo, vai indo no rumo da casa de Biju, acompanheirar Jesuíno na certa.

E no ouvido sussurrando o canto de Biju, o vento zunindo. A porta da casa de Jesuíno trancada; um urubu belisca outro se empurrando, escorregando na fofura do monte de lixo na beirada do rio.

4.

Cabo Tonico sentou na cama, passou o lenço na testa, limpou também a pala do quepe e o jogou sobre a cadeira, o quepe rodopiou cai não cai, caiu em baque fofo no assoalho. Ele deixou como estava, foi tirando o resto da roupa. A mulher ao lado dormia o segundo sono, onze em ponto, rosto virado pra parede branca, sono comprido e alheio ao rebuliço de tirar calças, camisa, o remexer da cama de Tonico, cabo Tonico que sabia sabendo das coisas, o pensamento longe no quartel, na reunião que entrou tarde adentro, lembrando, *dando o meu parecer num concordo muito, seu coronel.*

Quando chegou o boato de que a prefeitura ia precisar daquela terra, uma estrada pra carros, um prédio com vista virada pra o rio, tudo isso se pensou depois que confirmou o boato. Durante a semana, de segunda a sexta, funcionários vieram de casa em casa com a intimação pra desalojar. O servidor, gente igual a nós, só entrega a papeleta, vira as costas e vai embora. Na obrigação e sem outro aviso.

À noite, a gente perguntou:

— Quando vai ser?

Biju, choroso, respondeu:

— Domingo. Ninguém deve sair.

— Mas como? — disse perguntando Jesuíno.

— Ir pra onde, meu Deus? — disse Lurdinha, lamento que ninguém ali ouviu.

Despertado dormindo ainda, cabo Tonico, vista pesada, acorda-num-acorda, a barba do dia anterior espetando as mãos, depois se penteando apressado, o café ligeiro da garrafa térmica, o até logo às pressas pra filha mais velha, o filho menor saindo junto com ele à rua, à esquerda o menino sobe caminhando, ele descendo à direita no passo correndo. A farda vestida às pressas, enxovalhada, vinco se sumindo, o coturno desejando lustro, o passo aumentando, pisando forte no asfalto, cruzando com pessoas conhecidas por enquanto, depois, somente vultos desconhecidos passando bem rente, cabo Tonico afastando da casa e da mulher que revirou bem cedo na cama e continuou a dormir.

O rebuliço no quartel logo cedo. Cabo Tonico entrando, já sabendo, sem abrir a boca no mundo, calado, no vaivém, vendo. Caminhou para o pátio e entrou em forma. Tomou lugar na frente do pelotão, abriu as pernas em posição de descanso e esperou. Ordens? Sim. Olhou para o coturno, sujo, alguns pingos de lama, sem lustro, gasto no bico, o coronel Guedes gritou na frente – sentido! – todos uniram as pernas, os braços grudados ao corpo – *marche!* – os pés de todo o pelotão comandados, guiados pelos brados – *rápido! rápido!* – subindo o grito, subindo os homens nos caminhões, os caminhões roncando, Tonico com passos pesados, como não querendo ir. Olhou a rua que passava ligeira sob os seus pés assim que o caminhão se movimentou, pensou em reclamar para o soldado que empurrava o seu ombro no aperto do banco, o caminhão sacolejando nas ruas esburacadas, saltando, saltando duro nas ruas de terra batida, agora, enlameadas.

Foi perdendo a mansidão do canto de Biju e Jesuíno. Lurdinha se espantou de vez, descruzou as pernas, quis falar, da boca lacrada não saiu voz alguma, se assustou com tanto aparato, quando os soldados saltaram dos caminhões, dobraram a pé, correndo, a subida do morro, desceram velozes agora ao alcance de qualquer vista, os pés deles batendo na lama das poças d'água paradas no meio da rua.

Lurdinha sabia: não era festa militar, não era brincadeira. *Sai todo mundo por bem ou por mal*, tinha dito o homem da prefeitura.

— Bunda-mole! — gritou o coronel para cabo Tonico que se afasta margeando o barraco de Lurdinha, sem nada nas mãos, se escondendo do pensamento que lhe vinha subindo no peito, crescendo desde a subida no caminhão no interior do quartel.

— É o fim do mundo, é o fim do mundo! — foi gritando cabo Tonico. Chorando, mão amassando o quepe suado.

Coronel Guedes, gritando:

— Molenga! Bunda-mole! Depois a gente acerta!

Não resmunga nada, digo. Caminha para a frente que eles nos olham, nos veem, nos seguem. Todos por aqui. Passa por ali. Vai, Biju! Vai, Jesuíno, segura sua mulher. Vai, Lurdinha.

Vai. Pisem na água parada do rio Tietê que ninguém daqui se afunda nela. A nossa terra, vê lá, é do outro lado.

16. ZULEIDE

Desde que Jacinto, filho meu mais idoso, novo ainda, morreu de morte matada aqui nessa rua 3 de São Miguel, eu mais Zuleide não pregamos os olhos antes de estar todo mundo acomodado, conferido nas suas camas.

Depois disso comentado, perdi o gosto pelas coisas, mas ainda existem os outros que têm precisão da gente. Quem vai olhar? Quem vai orientar ou botar no caminho certo? Pois, não desanima de tudo.

Cheguei aqui, ano passado era já findo, com tristeza e medo. Quando pela primeira vez falei que vinha, ia me largar pelo mundo, ouvi na tarde azulada a arrenegância de, lembro bem, Napoleão, que pulou pra lá e disse que agora que os meninos estão se amoçando era besteira da grossa. Vender tua terrinha aqui em Bananeiras, dez tarefas de terra bem cuidada, até grande pras posses da gente aqui. Lá é mesmo que está vendo, não é nada. Dinheiro que se vai dar pro gasto.

Pois foi. Aluguel numa casinha aos pedaços, sacrifício de puxar água de poço, risco de vida nos meninos pequenos: labutando nas folgas do meio da semana, pois domingo era dia todo fora de casa no serviço, dando um jeito em propriedade alheia pra dar canto decente à família. Bem assim.

Quando me descarreguei no Brás, trocando de trem seguindo viagem, tarde corrida, máquina demorosa e coculada de gente, lembrei daquela prosa dita. Atravancou no coração, Zuleide como sempre boca tramelada e os meninos até assanhados, um arrependimento, mas já era tarde. Juntei a mulher, os meninos, as poucas quase nada tranqueiras, entramos no vagão, acomodamos num canto todo mundo perto e deixei tocar pra frente. Olhavam pra gente de rabo de olho. Preocupado, olhei nos meninos pequenos se tinha algum cagado. Se porventura algum lambuzado. Mas não. Olhavam só por olhar. Uns comentando baixinho, mas outros não ligando, já acostumados. Não sei bem, sol sumindo entre as nuvens no jeitinho de chuva, podia ser cinco horas. Sol se desregulando. Deixei as estações irem passando, contando nos dedos, na sexta é aqui. Avisei quando. Nos preparamos. Descemos meio perdidos no burburinho. Registro de nascimento no bolso e um nome de rua gravado na cabeça. Malote numa das mãos, puxando um menino pela outra, Jacinto, Deus o tenha, dando um adjutório melhor.

Já faz um ano e tanto contado.

E assim foi. Pois não, sim senhor, licença, sempre educado, com jeito, sem caçar encrenca. A gente, a Zuleide também, sim, tentando dar um jeito na vida. Ir levando como Deus quer, querendo às vezes se lastimar, se maldizer, mas com receio, medroso. É bem possível, se é, os outros entenderem mal. Já vi muita gente trabalhadeira ser mandada embora de firma boa que pagava até mais que o salário, que fichava carteira na hora, por pegar gente nos cantos falando coisas que não devia. Quem quisesse que, mesmo sofrendo a amargura de sofrimento, falasse...

O Roberto, que ficou no lugar do mais velho, está treinando numa academia, tem jeito pra luta, e diz que só sossega quando ganhar o troféu Gazeta. Deixo. Chegam altas horas e... fico com essa preocupação boba. Deve ser coisa de pai mesmo. Ele está sabendo o que faz, já bem sabe cuidar de si.

— Deija não anda nada bom.

Disse Zuleide logo cedo quando pisei na soleira da porta de casa. Tinha chegado de pouco. Cansado, sono de noite trabalhada. Ainda vinha com o corpo frio do chuvisquinho que pingava lá fora. Manhã começando, carros chiando na rua. Movimento pouco na abertura do mercado. Dava pra ver. Sentei. Puxei conversa. Perguntei mais coisas do menino. Proseando, dei fé, meio-dia. Contei caso da rua, logo cedinho. Deu vontade de destrinchar o assunto. Se não juntava esse pensamento com o barulho da rua e o sono se ia no descanso do dia. Trabalho de noite e dormir de dia tamanho feito coruja, bicho estranho. Mas acostuma. Precisava contar.

Zuleide calada, escutando, enxugando louça com pano de prato.

Pois vi, tinha que ver, passei perto, aquele cristão estirado no meio da rua, perto do serviço, numa travessinha. Chuvinha fina, molhenta, encharcando o jornal, aquele corpo sem sentir de nada. Fiquei na demora, por isso cheguei bem mais tarde do que o costume, expliquei. Debaixo de um anteparo, vendo o jornal que servia de mortalha se desmanchando, se diluindo, ficando roto, perdendo as letras. O vento, pois eu sabendo, arrepiava as folhas do jornal, pesadas de chuva, e mostrava algum pedaço de calças esfarrapadas, azul. Gente que parava um pouco, diziam coitado, saíam como tinham chegado. Guarda-chuvas pretos, de cor só um ou dois, parecendo luto de morte. Rezei umas rezas doidas na cabeça. O corpo lá sem sentinela. Carros passando, se livrando do defunto, subindo na calçada, fugindo de perto do corpo morrido, coberto, molhado.

A mulher limpando o fogão sujo da hora do almoço. Com atenção no assunto.

Tantos rostos, de longe, acobertados da chuva, lá olhando, especulando. Quando saí o corpo ainda estava lá. Antes, uns três pais-nossos, umas duas salve-rainhas. Foi tudo muito pouco. Os pingos grossos caindo e eu, imaginação na cabeça, matutando o que fazer. Ninguém deu na vontade de fazer uma caridade. Ninguém, nem eu. Nem podia. Mais nada podia fazer. Só preocupação no coitado, quem vai lá saber quem é parente ou aderente?

— É nessas horas que me arrenego de morar aqui. Não queria vir, não, você que falou, puxou — disse Zuleide, fazendo brilhar o assoalho vermelho e frio da cozinha. — Isso aqui é cativeiro! — replicou, completando, a mulher.

A tarde principiava. Cansado, pouco falei. Não queria discutir. Perguntei novamente por Deija. Não respondeu. Num instante, ela correu pra sala sem ninguém chamar, preocupada, apressada, limpando as mãos no avental claro e úmido.

Estranhei. Só corri pra lá quando senti os gritos do menino. Assim mesmo pensando que era alguma briguinha, que estes dois olhos, ainda por cima cansados, não dão pra ficar tomando conta de tudo. Ou podia ser se divertindo em frente à televisão. Mas não era. Muito pior.

O menino, deitado no sofá grande que nos apertos servia de cama, enrolado num cobertor grosso, se estrebuchava como se tivesse sido mordido de cobra, gritava de fazer dó, chorava um choro pesado, um choro sofrido de muita dor.

Agarrei Deija pelos braços, joguei uma toalha por sobre sua cabeça, jeito de se livrar da chuva.

Zuleide, parada, perdida em pensamentos, sentida.

— Fique aí — eu disse.

Passei o portão e corri pela rua. Pouca, quase nada de gente na avenida.

Cortei caminho.

Desci a rua e, menino nos braços, segui pelos anteparos do mercado me livrando da chuva, o pensamento em desordem. Caminho definido, em passos largos e encharcados, pisando forte nas poças d'água.

Entrei no hospital, molambo molhado de gente. Uns me olharam assustados. Parei. Depois, esperei zanzando de um lado pra outro na sala apertada. Cadeiras ocupadas. Tremura nas pernas, medo por Deija, frio de molhação. Esperando, pensamento perturbado, desencorajado no atendimento. A enfermeira, sentada, cega pra nós, parada. Pelejei com o doutor, quando ele passou apressado se fazendo, roupa branquela de cima a baixo, que pusesse na frente meu filho Deija.

— É doença da brava — expliquei, apalpando o corpinho da criança, mostrando aquelas manchas que começavam no cangote e desciam, cada vez mais vermelhas, até os dedos nas unhas.

Eu com uma das mãos segurando Deija no colo e com a outra implorando que desse um jeito rápido, levasse ele logo lá pra dentro. Escutei por longe a moça, sentada numa cadeira por trás de um vidro com aquela portinha feito gaiola, reclamar desse povo que não tem jeito, sem disciplina. Aquilo me magoou.

Senti o coraçãozinho de Deija palpitar no meu peito, descobri a toalha de cima do rosto dele, um suor de calor molhando a troca de roupa. Enxuguei o rosto dele, nem abriu os olhos, ficou tresvariando mexendo a boca. Calado. A respiração foi ficando mansinha como se tivesse dormindo. Depois, sumindo de vez. O corpinho dele se esfriando, se gelando, coisa de morto.

Aí, não sei, me deu uma vontade de quebrar, um pensamento em destruição, botar tudo abaixo. Uma fúria controlada por pensamento. Se contenha, homem. Pensa. Bota teu pensamento em casa, em Zuleide, nos outros. Botei.

Saí resignado de volta. Sem receio da chuva que continuava. No caminho, pisando macio, sem jeito, deixando a água escorrer no peito e banhar com vontade o corpo mole de Deija.

Cheguei em casa com o coração trespassado. Não tinha medo, só dó de Zuleide, de Deija, não, Deus o livrou.

Entrei com o menino nos braços casa adentro. Zuleide sem esperar foi logo agarrando o defuntinho nas mãos ainda molhadas e levou ele para dentro do quarto.

Ela gritou que desligasse a televisão, por Deus. Segurando os cabelos, chorou sentida, rosto enfiado no colchão da cama. Deija, ensopado de chuva, sem bolinação. Eu, calado, sofrido.

Saí pela sala e fiquei no portão da rua sentindo um choro pendurado no olho, preso na garganta. Pior, sem descer pelo rosto. Alguns vizinhos, cientes, entravam pedindo licença.

Uns: — Como foi? — oferecendo ajuda.

Outros: — Foi mesmo? — entrando só pra olhar.

Vi a chuva que principiou a parar, uma nesga de sol se botou de fora ainda, foi sumindo devagar, devagarinho, pelas bandas do mercado.

Recostei no portão de casa. As luzes se acendendo nos postes, clareando o mundo. Aí, turvou a vista, então, consegui chorar. Hoje à noite, dia perdido e descontado. Pois foi. Zuleide arrenegou e chorou lastimosa a tarde toda. Dou razão.

17. DORINHA

Olho à janela a rua que principia a esmorecer de movimento, sossegando já no fim da tarde. Ele, também, sentado. Mãos espalmadas no encosto da poltrona, não parece o mesmo. As ataduras, que cobrem seu rosto magro, afugentam todos os traços que mesmo nos momentos de indiferença permaneciam: a beleza. Agora, ela não mais existe. Ele pigarreou, a palavra se veio, quebrou o silêncio.

— Dora, qual a cor o vestido que você usa hoje? — disse.

Respondo uma cor qualquer que tenho retida na memória, azul, que ele gostava na vida de outros tempos.

Bem antes. A fita amarela, branca quase já de cor perdida, que me prendia os cabelos foi o começo de tudo. Foi, lembro. Quando ela se desprendeu, arrancada, os meus cabelos esvoaçaram-se ao vento, ele acalmou-os com as mãos, depois, desfez o nó do laço e jogou a fita sobre as águas, ela rodopiou na beira da murada da ponte, caiu, teimou em afundar e ficou boiando, descendo devagar, pegando o rumo da correnteza, até o último momento em que ficamos, ali, olhando-nos, parados, sonhando. Calados. Voltamos, deparando com um mundo alegre que nascia.

Logo depois, daí em frente, sempre aquela impressão que éramos namorados, mesmo!, quem se esquece?, sabia amá-lo. Sorria, sempre, contente. Ele fantasiava histórias, imaginava casos e vestia-os de engraçado. Me contava, ria também. Tudo, imaginado, me fazendo amada.

Às vezes, nalguma tarde, andava apressada, cheia de compras, o dia tão curto, quase correndo no meio da rua para, no começo da noite, esperá-lo. Durante o dia, não me sentia só, não! A certeza que tinha de recebê-lo na porta – todo dia, sim – dava um alento a cada hora. Labutava duro no arrumo da casa, mudava, trocava os móveis toda semana de canto. Ele chegava, olhava, aprovava dizendo bonito.

Antes. O tempo é inimigo da gente. A minha esterilidade colocou entre nós uma barreira. Ele não conseguiu entender. Tentei explicar, falei. Rezei maldizendo, por que comigo?, depois conformada, pois não podia mudar o mundo. Disse em adotar uma criança, toda gente assim faz, ele seria como nosso, correria pela casa, daria alegria, até trabalho, lembrei, falei mais, isso, aquilo. Ficou taciturno, disse que só criava filho seu, onde você tem a cabeça?

Os dias mudaram a vida que se prossegue levando. Nem bem a tarde ia chegando na rua, todo dia, me assustava no coração que aquele seria o instante em que não veria mais o bater de trinco no portão, o limpar de sapatos no capacho, o girar da chave na fechadura. Sempre, na sala, esperando-o mesmo sabendo que só ouviria o boa-noite indiferente. O dia, a noite de sono vindo na madrugada, só com, aqui, o respirar dele. O barulho da rua não tem mais, não, o jeito de me envolver. Os móveis, faz muito tempo, permanecem intocados.

Uma noite, esperei. Espera fora de costume. Dei pra reparar em tudo que era gente que passava na rua. Bem, ele não chegou. Então, o trouxeram. Se maldizia, maldito acidente onde meus olhos ficaram, que antes a morte, sem vista no mundo, pra quê?, preferia.

Respondia, conformando, que não!, pra tudo tem jeito, um dia.

Agora. Como faz há quinze dias, ele chama:

— Dorinha, me ajuda a ir no quarto.

Desprego os olhos da rua vazia. Levanto. Puxo as sandálias de sob o sofá. Choro penosa e limpo as vistas no vestido, que é azul mesmo.

Aproximo-me dele e pouso a mão em seu ombro. Ele levanta me seguindo, forço com jeito o seu corpo livrando-o dos baques nas cadeiras, na mesinha da televisão, na porta do quarto. Ajeito o lençol, ele senta na cama. Tateia e segura minha mão. Há um sinal de arrependimento e gratidão. Não dá pra ver seus olhos.

18. ODÍLIA

Lembro-me do meu homem que a fábrica de química em tão pouco tempo, cinco anos por muito, definhou como um trapo ou um pano de prato de fustão ruim que se gasta no trabalho diário e caseiro.

Me assusto: e se ele ficasse que nem Deija de Germano que entrou ano saiu ano em cima de uma rede, ou era cama, nem me recordo ao certo, balbuciando doidices, depois de uma queda do topo da mangueira, morre não morre?

Esse aí é o Martiniano que está se vendo em cima dessa cama. Agora, no tresvario dele é que se percebe que sumiram os últimos anos de vida, aqui em São Paulo, essa cidade grande, enorme, ao redor dele. Ou ele não quer lembrar? Vou deixando chegar o seu pensamento passado. Nem escuto a rua que cheia de carros barulha viva lá fora.

Me alenta: até já me vejo vivendo nas lembranças que a doença dele traz. Não tenho o costume de dizer, mas digo: é muito apego que sinto por ele.

Amanhã na fila do instituto procuro um jeito de receber a pensão do dinheirinho curto bem cedo. Recebo um alento deles me parecendo agouro – *É um mal sem cura* –, enquanto vou lembrando de Martiniano, lá em São Miguel, do tresvario dele, do pensamento longe em outras épocas tão distantes.

E quando der meio-dia, a fila já consumida pela metade, quando o guichê do homem que paga pensão se fechar, se lacrar com má-educação – *Agora só depois das duas* –, eu vou continuar sonhando com uma saúde melhor de Martiniano ou mesmo sua morte, às vezes me cansa o viver, é dolorido na gente o sofrimento de um morto-vivo.

Ele parece criança agora. Novo ainda. Criança no pensamento, homem na desenvoltura; criança na franqueza do corpo, homem no sofrer. Mas até parece que já me acostumei com o seu balbuciar descontrolado. Vai me ensinando, penso. Me educando para muitas coisas que pouco aprendi dele, de um homem que, mesmo na labuta, nas viagens cortando chão de outras terras para São Paulo, se calava, engolindo para dentro o que vinha de fora, me dando carinho – não acerto dizer a palavra amor.

Agora, pago com a mesma paga, mesmo sabendo ele já quase morto. Digo assim porque sei: vou ter fé nele caminhando pela casa, pelo quarto, pelas ruas, tirando água do poço, puxando corda com força? Olha um chazinho, Martiniano, digo me aproximando da cama, mas tem horas que até imagino que ele quer morrer. Sim, morrer, acredito.

Escuta:

Me mate, Odília, pois se Bernardino ou Salustiano chegarem mais primeiro, eles vão dar um fim nesse resto de vida. Perfure esse peito magro que você está vendo aqui respirando fraquinho, parecendo que o ar dos ventos está também contra mim. Vai, Odília, crie coragem. Você, que de uns tempos para cá sempre se mostrou corajosa, não é agora que vai falhar. Feche os olhos, se não tem coragem de fazer isso de vista aberta. Assim, Odília. Se eles me pegarem aqui, deitado na cama sem me poder bulir, fico imaginando o que eles vão fazer com esse pobre corpo sem força. Não quero,

Odília, morrer na mão deles; é capaz de eles me judiarem, cortarem braço de pouquinho, quererem tirar meu sangue gota a gota, tirarem unha, uma a uma, só pelo prazer de me ver sofrendo. Se você não tem jeito, Odília, use essa arma em qualquer posição. Acho que seu pensamento medroso de me ver morto – seus vestidos que se tingirão de preto, desse luto negro de marido morto – poderá se confirmar: só basta que adentrem por essa porta aberta que bate, bate, mesmo com o vento fraco que sopra lá fora. Vai, Odília, não se encha de medo. Agora é a janela que bate e rebate no batente, parecendo contar os passos deles, que amassam barro no caminho de cá. Diga, Odília, se você tem medo? O que atormenta? Nem grito um ai que é para não dizerem das casas vizinhas que sou fraco. Faz, mulher, faz como se tivesse matando um porco, dia antes da festa de janeiro, com a faca que sua mão sustenta; venha, faça por igual. O que te amedronta? Logo eles entrarão por aquela porta aberta. Não, não precisa fechar, não. Deixe ela bem aberta, bem escancarada, com o vento entrando e refrescando esse calor de chuva. Quando eles entrarem devagar, devagarinho, furtivos como ladrões, só quero que você se tranque no quarto aí ao lado; se quiser se cobrir com o cobertor grosso para não escutar os gritos que ninguém pode prever se não solto, pode. A dor pode ser muita, quem é que diz que não? Acho até melhor duvidar das intenções deles. Corra, assim que eles apontarem no começo da varanda, corra pelo terreiro e entre no meio do mato, logo ali onde acaba o quintal. Cuidado, Odília, cuidado com as cobras, pois lá é o que há de muita; aranhas, que disso que se arrastam pelo chão, não é o que tem de pior no mundo. Ou fuja, Odília, fuja como passarinho que do cativeiro se solta, se indo até sem rumo, mas livre, voando. Vá. Deixa a porta aberta, deixa, sim. Vê se prepara alguma coisa para comer, saciar tua fome na estrada, Odília. A viagem pode ser longa. Os caminhos, Odília, quem pode dizer como são os caminhos? Não, faça assim: chegue mais perto. Puxe sua cadeira aqui para bem perto, na direção da cama, antes que eles cheguem. Assim, Odília, coragem. Aaaaaaiiiiiii, Odília, meu amor.

19. ESPERA

Pela janela dava pra ver o pássaro que pousou, pés firmes no galho, asas contraídas ao corpo, nessa última figueira estéril que sobressai solitária nessa rua, ironicamente rua da Árvore.

Ouço abobalhado o barulho trepidante dos carros que passam na outra rua, paralela, despertando logo a família do viajante que pernoitou na cobertura do mercado, pra logo depois, sem ter canto, o homem dócil, magro, envergonhado e malvestido incitar as crianças maltrapilhas a fragmentar os olhos e olhar cobiçosas, famintas, pedintes para as braçadas de pães ainda quentes que os madrugadores de blusas coloridas, diferenciados e agasalhados, jornais debaixo do braço quase caindo, carregam e sempre dizem: *não amole!* Ou logo cedo, comandada, a nuvenzinha branca como se fosse limpa deslizar sem pressa e penetrar nas frestas como palavras, só que impregnando tudo de podridão nociva, como se querendo mostrar o domingo tão sujo, velho, tão jeito de fim de mundo.

São oito horas de domingo. Confere com meu relógio importado de pulso, ponteiros posicionados quais os gigantescos do relógio, grande, imenso, do mercado. Uma hora mais adiantada que o resto do mundo: desde ontem vigora o novo horário de verão.

Saí do quarto ainda de pijama, rosto amassado, amarrotado e despenteado. Entrei no banheiro, coloquei pasta dental na escova, fiz espuma branca e protetora de cáries e cuspi no espelho que me olhava com cara de tédio e sono. Fiz a barba com lâminas que não infeccionam os cortes que fazem no rosto.

Na mesa, sentadas, as figuras magras, aparentemente cansadas, até mesmo parecidas, dos meus pais. Já estão prontos, trocados nas roupas domingueiras, pra missa das nove. Pararam por instantes e, envolvidos no silêncio, olharam nos meus olhos, no pijama azul e desbotado, até eu me sentar à mesa. Voltei o olhar à sala: o sofá marrom, a televisão estranha e desligada, eu querendo fugir das perguntas, mas só ouvi conselhos.

— Cada um, todo mundo, nasce com sua sina — disse minha mãe, pesarosa e engolindo um pedaço de pão.

— Quem pode mudar o destino, filho, só Deus — completou meu pai, passando a mão no queixo recém-barbeado e tirando um resto de manteiga que lhe ficou nos fios de bigode aparado. — Tenha juízo, pensa no teu futuro, faz teu pé-de-meia, fica pensando besteira, quebrando cabeça por causa dos outros, está querendo mudar o mundo?

Sina. Destino. Deus. Segurei a xícara, tremoso, comi pouco, sem gosto, e senti o silêncio que só foi quebrado pela empregada quando colocou e retirou alguns objetos de sobre a mesa e, novamente, com o apito que soou três vezes, oito e meia, na fábrica, que pressagia um novo horário de trabalho de fim de semana.

Passei o resto da manhã trancado no quarto, sentado na cama e ouvindo de hora em hora o apito pontual da fábrica, a televisão ligada bem baixo, o farfalhar esporádico das folhas do jornal que meu pai lia na sala desde a chegada da igreja. E vendo a chuva, que começou fina lá pelas dez e acompanha as horas que passam, ficando mais forte, teimando em limpar as ruas.

Quase na hora do almoço embrulhei uma troca de roupa em jornal antigo, abri a porta do quarto devagar, saí pela sala na ponta dos pés, meu pai entretido na leitura do jornal não deu atenção e caminhei ouvindo a voz do locutor que apregoava no vídeo mais um produto recente, infalível, e as palmas que minha mãe batia, como sempre fazia, avisando que a comida estava servida na mesa.

Parei indeciso no portão da frente. Deixei que, primeiro, a chuva lavasse essa indefinição, ensopasse os cabelos com bolinhas brilhantes, apagasse até as palavras esquecidas desse jornal do mês passado; aí abri o portão e ganhei a rua. Andei apressado. Corri.

Vaguei muito tempo por essa cidade. Ela é grande. Aqui se junta gente de todos os cantos. Cidade imensa como os milhares de vagalhões que olhava absorto e seguro pela mão de meu pai naqueles tempos em que eles iam para a praia Sul, antiga praia do Sol, onde via tudo tão belo – era, talvez, outra época ou a despreocupação de criança, inquietação somente com as vagas azuis e verdes, que subiam pela areia, pouco a pouco, na tarde que se ia e derrubavam devagarinho as toscas e imprecisas construções de beira-mar ou quando traziam sem a gente pedir toras de madeira, gravetos, cóculos de algas que pareciam nascer e renascer no buliço das águas. A água ora levava, ora trazia, nesse trabalho monótono e sem queixume por parte dessa natureza incomandável e feroz na hora precisa.

Hoje vivo só nessa casa da periferia, separada por tapumes, em três divisões, no quarto da frente. No do meio, seu Jacinto, a mulher, quatro filhos; atrás, dona Teresa, viúva, doceira por precisão, alma boa, se vira com seis. Dois homens, quatro mulheres, que o falecido somente esperou ajudar a nascer o último pra logo depois morrer triturado debaixo das pesadas rodas do trem da Central naquela manhã de segunda-feira, quando se agarrou como pingente, medroso de perder a hora, e no dia seguinte, na volta do enterro, li no jornal, pra todo mundo ver, as letras miudinhas: morreu mais um.

Lembro como hoje, dona Teresa chorando, eu tentando consolar e ela falando dos moleques que iam se perder nesse mundo de Deus, sem cabresto de pai, nesse lugar que até quatro olhos não adiantam, imagina agora só dois. Me arreneguei da vida, pensei que, se fosse eu que tivesse morrido teria sido melhor, não tenho boca a sustentar. Ainda agora tenho dó de doer o coração da mulher quando vejo o portão bater de manhãzinha e depois, bem tarde na tarde, ela voltar, sem ter botado nada salgado na boca, com a papelada de indenização que ia receber e, tristonha, falar que mandaram ela voltar dali a trinta dias; depois fiquei me maldizendo da vontade de ajudar, as lágrimas dela caindo, eu sem jeito e envergonhado sem poder fazer nada, ela soluçando, e eu, patético, ali na frente.

Saía do meu canto, depois do serviço, semana quarta, semana quinta. Pegava o ônibus na avenida Norte, saltava no Vale Sul, meio perdido, como todo mundo é no burburinho das ruas, e seguia o resto a pé, olho na correria do povo no começo da noite. Mãos atochadas no bolso do paletó azul e uma parada, um café tomado às pressas em algum bar de esquina, aquecendo o corpo nesse frio cortante e úmido. Cruzar correndo as ruas, carros em movimento. Empurrar ofegante o portão sem cadeado, enferrujado, na entrada do velho prédio no bairro de Vista Alegre. A rua de parca iluminação ajuda a furtividade, entro. Vou pisando nas ervas daninhas que nascem entre o cimento rachado e irregular.

Na sala, iluminada por velas que tremulam apaga não apaga na semiescuridão, três vultos, conhecidos, já conversam em voz baixa, inaudível. O sussurro se estanca brusco, e minhas passadas se soltam dentro do casarão fazendo as cabeças se levantarem especulativas e, logo em instantes, amainarem-se confiantes.

Recebem-me como toda semana. Uma festividade calada, só de olhares e gestos. O sussurro recomeça, agora eu também, pouco a pouco, opinando e desculpando pelo atraso. Foram direto aos assuntos, sem rodeios, com pouca conversa. Aí um ficou sério, disse que achava que estava sendo vigiado, com sombras acompanhando os seus passos. Outro falou que não sabia se era medo. Podia até ser. Eu também disse que nunca os vi, podia, besteira, eles andam em todos os lugares, achei estranho, pois, se eles quisessem, nos pegariam aqui, os quatro, só querem, além de tudo, sondar nossas casas ou... Ficou tudo nas opiniões. Notei insegurança, indefinição, sobretudo medo. Sustentei que algumas coisas foram em vão, outras não. Falaram que a gente se cuidasse.

Todos saíram à rua ganhando rumos diferentes. Naquele casarão, nos encontramos pela última vez.

O velho prédio ainda continua incólume, apesar das mudanças. Suas paredes antigas e descascadas permanecem imóveis, indiferentes às pessoas que jogam suas sombras ao encontro dos seus muros.

Não olhei pra trás nessa última vez. Desci, como sempre, a rua até o vale, agora parecendo mais morto, pouco movimento, carros velozes de luzes traseiras e incandescentes. No ponto de ônibus, no coletivo de motor ligado, o motorista fuma o último cigarro antes da viagem, recostado na porta aberta da frente, e o cobrador, cansado, com a cabeça pendente, cochila. Poucos passageiros nessa hora.

O ônibus sai sem pressa e ganha velocidade nas pistas livres e desimpedidas. Um recorde até em casa. O cobrador dorme, mesmo com os solavancos do veículo. Dou o sinal e desço. Céu encoberto e negro. Só a luz dos postes alumia essa hora tardia. Nenhuma vivalma nas ruas.

Atravesso os quarteirões com o pensamento que tudo vai mal, ansiedade desacostumeira e angustiante. Mãos sempre no bolso, entro de mansinho na moradia. Na casa, silêncio de sono como se fosse de morte. Penetro no quarto sem acender a lâmpada, única, pendurada no teto, imóvel e fria. Há mudez nesse meu quarto. Até a cinza dos cigarros que fumo, um atrás do outro, perturba. Sei que em nenhum outro lugar terei segurança. Eu sei, já me falaram como eles agem. Por instinto como bicho bravo. Só me resta esperar. Uma espera sem sentido, mas que jeito? Se é. Rolo durante toda noite em briga com meus pensamentos.

Finalmente. O dia está amanhecendo como ontem. Da mesma maneira. O sol explode faiscante. Um fio de sol atravessa as frestas da janela. Abro-a um pouco. O calor me esquenta o rosto nesse quarto abafado. Olho as casas cinza como se fosse guardar essa lembrança para sempre. Quarenta e oito horas só de pensamento, que é coisa que ninguém pode decifrar.

Nos jornais que pedi a dona Teresa que comprasse nesse domingo, dois dias de atraso nas notícias, num canto do centro com pouco destaque estava a fotografia do velho casarão, apagado e negro. Dos quatro que ocupavam suas paredes em altas horas da noite, dois estavam enjaulados numa pequena cela, em interrogatórios. Santiago morreu, hoje, domingo. No segundo jornal nada se comentava. Noutro também não.

Nenhum deles, nem eu, pensava tornar-se símbolo. Hoje não há herói. Agora, há muito tempo, não mais existem heróis. Faz muito, muito mesmo, eles acabaram.

20. FALSO MILAGRE

Abro o portão de casa, me volto parado, cabeça pendida olhando de volta a marca, o rastro dos meus passos marcados, amassados no chão. Seguro nas tábuas pintadas de cinza, o medo da rua de todo dia vai se apagando, olho de novo para os lados o vazio de gente que a noite traz. Bem, notícia, pela primeira vez, só da boca dos outros. Bendigo até se pouco consegui, mas de Damião contaram que anda arremediado, e foi por ter labutado, é merecido. O pensamento rói, vindo, sai.

Lembro que era julho, o dia, não, se perdeu na memória. Damião, também, veio se arribando, vagando nesse mundo sem parada certa, até que se alojou aqui, pois tenho conhecimento, viemos juntos, desacompanhados de família, era pequena a minha, ficou por lá uma boa época, esperando. Do Brás tomamos rumo. Damião só e sem preocupação de nada, vinha com sentido diferente, em outros pensamentos, outras ideias. Uma chuva há muito caía, pois me informaram que fazia despregar a gosma da terra, avermelhando a clareza da água que rolava sem dó de cima, das nuvens. As estações passando, os pingos caindo e batendo forte na janela do trem; a paisagem, somente casas e mais casas, riscando ligeira, deformada nas vistas.

Damião calado. Assentado no banco, olhos perdidos olhando, assuntando o mundo que corria lá fora, como se estivesse parado e a cidade passasse sem dar vez de se pongar nela. Ele achando tão difícil de imaginar, tão longe a distância da origem e tão logo em espaço de tempo a estação lembrada nas prosas de quem vinha de cá, ensinada, descrita.

Damião levantou, foi falando, *é a próxima*, então a estação foi chegando, a gente reconhecendo pelas palavras já ditas; ele desceu primeiro, puxou caminho na saída, se informou logo, perguntou mostrando um papel aos passantes que olhavam estranhamente. A luz da rua já se acendendo, a chuva sem jeito de parar, continuando. A preocupação na cidade estranha e o vazio de pouco saber se confundindo em Damião e eu.

Lembrando, sim: lastimamos na porta da morada de Everaldo, que hoje não é mais desse mundo, Deus o tenha, que nos acolheu naquela época, aqui, o frio cortando, vindo pelas frestas das janelas, da porta por debaixo, de todo e qualquer canto, gelado, entrando por dentro da camisa fina de linho, manga curta. Pegando a gente desprevenida de agasalho, clima outro. Tinha comentado com Everaldo da situação, despesa nossa, dando trabalho, ele disse que pra tudo tem jeito, que fossem ficando. Aí, mais atinado na despreocupação a gente foi pousando, os dias passando, vadiando em frente à televisão, cuidando do cachorro pra não se tocar pra rua, ora puxando água do poço, correndo de balde pendurado na mão no meio da chuva, fazendo serventia por miúda que fosse, pra Adelina, ajuntamento de Everaldo, em quem Damião, desmiolado, um dia de tarde botou olho gordo nos troncos das pernas da mulher alheia, reclamei que ele se botasse no lugar de homem, ele ia ver se faltasse com respeito, ele argumentou que não passava de pilhéria, brincadeira, pensamento ruim nem tinha na cabeça.

Acreditei, desconfiado. A chuva só parando um pouco até o coração sentir o alívio, depois, a água descendo do céu recomeçando mais forte, Damião, eu, ficando aflitos, Everaldo com toda boa vontade, hospedando a precisão da gente, mas ficando cara pra ele, pois, nem eu me conformando com nada, comendo sentido comida alheia.

Despregamos da morada de Everaldo, ele fazendo questão que não tão logo, foi bem na semana depois da chegada, já sentindo a terra nos pés, secando, o sol tinha se firmado, se aguentando no alto do céu, a chuva tinha se afastado fazia três dias. Desci com Damião, agradecidos, devendo favor que com pouco não se paga, de manhã bem cedo, com pouco rumo, nos separamos, logo depois, na estrada de São Miguel.

Pensei em dizer: *Se cuida, homem! Essa terra nos dá dinheiro, ora se dá, depende querer, mas ela não gosta, não tem querência pela gente*. Mas só disse: *Deus te leve!* Assim mesmo, em pensamento.

Vi quando ele pegou o ônibus, com a roupa do corpo. Na mala só um cobertor fino, só sabendo a direção da Penha, pois um cristão tinha dito. Atravessei a rua, outra direção, noutro rumo.

Vejo que uma tábua do portão está rachando, quem rachou?, me pergunto, perversidade de alguém, deve, respondo. Suspiro profundo, lá dentro, em tantas lembranças. Acendo um cigarro, tusso arrastando o pigarro, o cachorro puxa a corrente se assanhando, escuto bem perto o barulho da mulher mexendo na cozinha, a televisão que ainda há pouco comprei com esforço para as crianças, ligada.

Tinha especulado de Damião, já entrando nos cinco anos contados de sumiço dele, pouco sabiam. Contaram que quase morre numa construção lá em Pinheiros, caiu vendo a morte de perto, se recompôs oito meses depois, outro homem, inutilizado e sem emprego. Andava zanzando por São Bento, São João, Praça da República, Parque Dom Pedro e mais outros cantos, mexendo com a vida para se sustentar. Foi só. Outra história, bem, conversa, pode ser, fiquei descrente.

Um dia, batendo perna pra casa, na boca da noite, apressando o passo no meio da rua, lamentando que estava atrasado, ia me ver no aperto do trem, tão tarde, dei de cara com Damião. Fui vendo, assistindo àquele sujeito, a memória clareando, os casos voltando à cabeça, voltando, eu parado olhando, devagar me achegando, devagarinho, vendo cada vez mais de perto aquele olhar de cansado que antes não era, andando na minha frente um vulto de um Damião diferente.

— É ele, sim — disse me duvidando, ele fazendo o caminho dele; forçava uma perna sem utilizar muito a outra, mancando, parecendo aleijado pedinte de esmolas, assim ia ele. Ainda, reconhecendo, duvidei das vistas, podia não ser. Pedinte não era. Olhei, certificando. Depois de perambular por uns tempos, coisa de pouco, parou, ofereceu à gentaria corrida os bilhetes que segurava, um tufo nas mãos.

Conferiu as horas no relógio da estação da Luz, a noite já formada, as ruas mais engrossando de gente, me pareceu que tinha sido uma merda o dia pra ele, pela cara se notava, aí guardou os bilhetes da loteria numa pasta preta.

Chamei Damião. Me reconheceu de pronto. Apagou nele a voz, se emudeceu me vendo, cumprimentou querendo se ir, olhava por baixo, pegando os pés, mas eu sabia que era vergonha, conhecia os sonhos dele que não eram aqueles, dava pra sentir de longe o sentimento que tinha naquela hora, não disse, no mais, reconhecia nele. Sem jeito, foi logo dizendo que não aguentava mais essa vida, mas o que fazer? Entramos no suburbano na Luz, o trem já meio lotado. Saltamos no Brás.

Vou parando. Ando. Paro. Ando. Paro esperando Damião, a perna dele doendo. Agora, todo mundo empurrando, na hora da cheia, gente sem fim, cada qual querendo chegar primeiro na porta aberta do trem, mostrando esperteza. Damião se contorcendo, dando um jeito no corpo, olho lacrimejando na apertura da perna doente. Vejo chutes de uns mais afoitos. Empurro também. Dou cobertura pra Damião, logo, gente nos separando, ele fazendo força pra chegar perto de mim. Na saída do trem, no solavanco inicial da partida, conseguimos ficar juntos.

Pouco falamos. Damião, ainda, pouco me olha. Ficou vendo pelo vidro sujo do trem a chuva que nesse tempo, todo começo de noite, cai fina e devagar. Outra e mais outras estações foram passando. Chegamos, estranhei de Damião descer no mesmo local, ele falou que tinha se mudado há pouco, nunca me procurou, cada um tem sua vida. Desci os degraus na estação amparando Damião, a perna dele mais doendo, a friagem aumentando.

A multidão desceu a escada, rápida, espalhando pelas ruas. Fui ficando pra trás com Damião, sem pressa, perguntei pela vida lá dele.

— Esconjuro do mundo — lastimou ele.

— Besteira, homem! — repliquei.

Primeiro ele foi contando de Pinheiros, já sabia, aí acreditei nas conversas ouvidas, fazendo ideia do sofrimento dele. O resto foi relatando na fala certinha, sem tirar nem pôr, caminhando com passo miúdo. Calei no barulho da rua, deixei fugir outros pensamentos, fiquei na escuta, não dei opinião nem arrebatei a voz dele, deixei se arrenegar só, sozinho, como se estivesse com ele mesmo. Fui deixando que o palavreado corresse solto, a fala dele saindo, a chuva, chuvisquinho, caindo.

Depois de algum tempo, Damião calou, perdeu a voz, foi ficando mais triste do que já era. Tristonho, se despediu, deixei caminhar sozinho com seus sentimentos. Seguiu descendo a rua, mancando, a pasta preta debaixo do braço, no rumo lá dele.

Fui perdendo ele de vista. Fiquei, até ele sumir de todo, parado. O chuvisco menos incomodava. Subi a rua um pouco mais me apressando, passei em frente ao bar, nada me animava, não entrei como sempre fazia, cruzei perante uns companheiros que faziam ponto na porta da padaria, desconversei, dei só boa-noite. Cuidadoso, entro na rua de casa, me livrando da lama, mesmo assim a luz do poste alumia os sapatos enlameados.

Fecho o portão. Novamente o cachorro balança a corrente, se arrasta encostado à parede e late me reconhecendo. Ralho com ele. A mulher gira o trinco da porta, abre, entro. A mesa posta me esperando, os meninos na sala seguindo a novela da televisão. Amasso o cigarro no chão, sento e como do prato servido, a mulher bota água no copo olhando a minha tristeza. Não procura saber de nada logo, tem muitos dias que chego assim. Depois conto.

Mastigo sem gosto, sem fome, o pensamento perturbado pela visão de ganhar vida de Damião, vendo ainda nas vistas, certinho, como se presenciasse: Damião chegar em casa, entrar, olhar pra todos os cantos, se arrenegar da vida e do mundo sem sorte. Fico pensando. Não sei, agora, se alguma coisa mudou muito. Só, só se modificou para quem vive de fé.

Fui guardando a certeza, a noite já querendo ficar quieta, a mulher acamando os meninos. Um deles reclamou, lá dentro, que não tão já. Escutei, gritei da cozinha que fosse. A casa, como por milagre, calou.

21. LUZ DOS HOMENS

Sempre fui de querer bem a filho meu. Esse apego é que me faz correr pra lá, pra cá, caçar bico, trampo em qualquer canto, se assujeitar a serviço de todo tipo, a perder domingo de descanso. Levantar a semana toda na chegada da manhã, com pouca parada na cama, esquecido do mau humor de feitor, aguentar até desaforo dessa gente. Nessas horas, forçar o pensamento em Dora, minha mulher, em Pedro, Dorinha. Dora gorda no terceiro bucho espera criança, que vem em junho, o menino já tem nome, João Batista quero que chame. Seguindo a pensação neles, desviada lá pra casa, desafogando a mágoa de outra e qualquer maneira, engolindo a raiva pra dentro e deixando estourar bem no coração. Me livrando de desgraça que é ideia ruim, seguindo os mandos sem procurar encrenca. Tenho é pena de sacrificar umas horas a mais de sono, da prosa boa com Dora de manhã deitado. Levantar bem cedo caçando jeito de não bulir com ela. Sair de mansinho do quarto e só alisar de leve os cabelos de Pedro. Não é bom. Chega uma hora que filho perde as feições de pai e desconhece. Desconhece, sim. Não gosto disso. Assim, me aperta estrangulado um sentimento de morar aqui. Parece obrigação. Não é. Tenho nessas horas a visão da origem, mas sei que não estou lá.

— Pra mente não há lugar distante. Forçando na cabeça, tudo fica perto, aproxima. — O pai de Dora, um dia, tinha dito isso.

Condução mais desapertada nesse domingo. Chamaram ontem, vou. Dá pra sentar no banco. Vou cochilando no balanço do trem, ora espicho os olhos nos outros passageiros e o pensamento já dirigido na volta mais cedo, imaginando se vai sobrar algum tempo antes do sono pegar. Estirar um pouco as pernas no sofá e ver na televisão a amostragem da riqueza do mundo que a gente pouco vê nessas caminhadas pelas ruas.

Andando. Passo maneiro, adiantado na hora.

A fábrica me aparece como todo dia. Muro cercando toda a rua, descascado e sujo. A fumaça das chaminés vai subindo. O bar em frente, cheio de pessoas sonadas, aguardando o apito que logo, logo, mas não tão já, vai tocar avisando, chamando. Quente o dia. Morno.

Na volta, já a noite chegando com jeito de moça rampeira, escurecendo devagar, se achegando. Desço correndo do trem ainda quase parando. Salto os trilhos cortando caminho e procuro na lembrança a vinda, seis anos se foram.

O lembrado chegando à cabeça, parece que vendo, os rastros se marcando na lama. O vestido de Dora, o rodado azul triscar a barra no barro vermelho. Segurar em seus braços, dar ajuda e me sentir envolvido pela fraqueza dela. Sem se sentir abençoado na terra que nos acolhe, recebendo eu sozinho com Dora, não, Pedro também, ele bulia impaciente na barriga dela. Argumentei que Pedro era a esperança que arrastava a gente em caminhos tão longos. Viagens difíceis. Acomodados em bancos duros de madeira, deitados em assoalhos, nos trens que cruzavam Bahia, Minas, de ponta a ponta. Fazendo parada, demorada. A viagem indo, parando, tomando muito tempo. Duas semanas contadas, sofridas.

Vendo a terra ir passando sem diferenciação, do mesmo jeito, tudo igual.

Depois, uma semana de máquina correndo, foi havendo mudanças. Dava pra sentir. O verdejante dos capinzais se avolumando, crescendo até na beira da estrada, perdendo de vista muito além, nas lonjuras.

Olhava ao redor. Via Dora sentada entre os malotes, pernas cruzadas, pensando. Boca parecendo tramelada, o pensamento revirando. Eu esperando que ela falasse, se lastimasse, xingasse até. Queria sentir as amarguras juntos. Ela parecia não entender. O silêncio dela, pesado, angustiava. Sentia por Dora ser triste, de pouco quase nada falar. Doía ver a beleza, a boniteza dela se gastando na pele magra, e dentro, certinho, no olhar, mostrava as dúvidas do dilema de não saber o que vinha adiante.

As noites entravam, baldeação de um trem pra outro, rodando. Dora, eu, juntos na escuridão que rugia lá fora, frienta. O medo da gente que se procurava ocultar. Vendo nas outras pessoas o mesmo pensamento como se nem precisasse adivinhar. A aflição se estampava, várias vezes descambava dos olhos de Dora em forma de lágrimas, descia pelo rosto o líquido morno, sentido, desabafando. Eu olhava para os lados, disfarçando. Segurava na goela o desabafo. No quase turvo da composição ela escondia o rosto molhado, se encolhia dentro do fino cobertor, cobria a cabeça e descobria as ancas finas.

Jogava meu cobertor sobre ela. Tremia. Frio. Nas madrugadas sempre chovia. Ela dormia no assoalho abraçando as minhas pernas como se protegendo. Encostava meu corpo a ela livrando-a do vento que entrava pelo vidro quebrado, me protegendo também. Sem jeito, afagava os seus cabelos querendo afastar toda a minha, a dela, amargura.

Mormaço. O dia se findando, as pessoas sentindo a noite vindo. Respiro apertado subindo a rua pela calçada me livrando dos carros que chiam apressados. Calçada tomada de gente, me batendo nos outros, me livrando de alguns.

— Vou fazer pé firme. Já é hora de voltar, a gente tem um certo pé-de-meia. Quero criar os meninos em outro canto — diz Dora, sempre se calando depois, à espera de uma resposta que não tinha jeito de chegar tão logo. Sempre digo que desse um tempo, tinha coisas a resolver, esperasse um pouco mais.

O pai de Dora, um dia, confiou em mim, por ela. Nunca deixei, mesmo agora que ele não é deste mundo, que a desconfiança tomasse conta dele. Nem quando me afligi no sustento da casa. Dora só fazia calar. Falava e calava. Consentia às vezes, mas chorava sentida nos cantos. Aí, limpava rápido as lágrimas quando me aproximava. Lá, fiquei horas na beira do rio jogando um anzol, que se perdia entre as pedras na correnteza até sem isca, vi Dora crescer, se amoçando, se firmando em mulher. Pois eu só buscando com as vistas a figura dela. Vendo ela refletir, se espelhar na água e se deformando, se agigantando no rebuliço do rio. Mexia na água, jogava pedras que se perdiam no fundo do rio pra fazer marola. Procurava Dora com os olhos. Um dia criei coragem, puxei assunto. Daí, pra um caso sério foi um pulo.

A noite, caladinha, vai chegando trazendo o frio. Apresso o passo.

Sempre acreditei que só se vence labutando, ninguém nunca dá nada de mão beijada, oferece de graça. A benfeitoria pra nosso sustento é a gente que tem de criar. Assim foi e será. Só se ficar esperando um milagre que, não vem. Dora, não! Acredita que a fé muda, dá coragem, não se fica de muxoxo por qualquer coisa. Conversas, ora acho. Antes ela não pensava assim. Mudou. Tem horas que penso que pela minha pouca fé o baque é mais forte. Dou e não dou razão.

Domingo que não trabalhava era descanso. Descanso, não! Era conferindo bem cedo a casa, fazendo remendos nas paredes, uma coisa ou outra se precisasse. Enquanto isso Dora dava duro na limpeza da casa, que fiz crescer nos fins de semana, sozinho, sem mutirão nem nada. De tijolo em tijolo, de folga em folga, devagar.

Me orgulho que dá gosto em ver Pedro crescer. Ir tomando juízo de pouco a pouco. A birra dele de recusar em vestir calça curta, implicando, chorando. Quer se ver vestido de homem já feito. Vezes, com o nariz amassado nas janelas dos trens no fim da tarde, procurava a razão de Pedro ser assim. Não me lembrava se fiz isso. Devo ter feito. Dava vontade de ter o pensamento tão pequeno como ele, ver o mundo pelas coisas miúdas.

Anoitece de vez. Atocho as mãos nos bolsos da calça protegendo-me do frio. A rua se ilumina na luz fraca dos postes.

O apego pelos meninos cada vez mais crescia. Pois quando Pedro se viu doente, as viagens indo e voltando todo dia se tornaram medrosas. Morria de medo de chegar em casa à noite, mesmo assim, me apressava na rua e entrava esbaforido casa adentro querendo saber, sentir ver o menino. Ele passou semanas entre morrer e viver. Mais pra morrer. Ficou magrinho, a pele colando nos ossos, o coração batendo molengo, descompassado, olhando pra cima no telhado à procura de descobrir nos vultos, que rodeavam a sua cama, um rosto conhecido. Não diferenciava do meu e de Dora. Bem vendo as noites que ela passou rezando, dias correndo em fila de hospital, chamando até benzedeira. Reclamei da descrença dela, que tanto falava contra. Nada balbuciou. Entendi. Assim, uma noite Pedro me chamou de pai, meu coração se alegrou em vê-lo ciente do que acontecia ao redor. Depois, quando o menino já se levantava, andava pela casa me alegrando na chegada da noite, Dora baqueou, tinha se definhado com tanta correria, caiu de cama. Bem, coisa pouca, melhorou.

Caminhei um pouco mais depressa. Passei em frente ao mercado ainda aberto, entrei na rua de casa, abri o portão, dei boa-noite. Passei a mão na cabeça de Pedro, ele passou por mim, aproveitou a porta aberta e se safou pelo corredor no rumo da rua. No portão fechado se barrou. Sentei no banco da cozinha, cruzei os braços sobre a mesa, fiquei olhando Dora nos afazeres. Pensei em ir pra sala. Desisti do pensamento. Abri os botões da camisa. Calor abafado, jeito de chuva lá pela madrugada. Tomara, assim alivia a quentura. Passei a mão na barriga de Dora. Enorme. Ela riu.

— Deve ser homem, Dora! Grande assim — disse.

Duvidei das visões de Pedro quando ele voltou correndo, empurrou a porta, entrou falando casa adentro, que visse a rua, antes que apagasse, festa de santo parece. Mesmo sabendo que criança procura, fareja, sente coisas que gente grande não observa, olhos grandes que abarcam tudo, ainda duvidando, saí.

Abri e fechei a porta, meio manso, com as palavras de Dora me perseguindo, zunindo: *Ainda se fia em menino, aonde vai?* Ela segurou em Pedro que queria, a todo custo, me acompanhar. Ele esperneou, gritando. Me esquivei pelo corredor cimentado, olhando por cima do muro os lados da rua, abotoando a camisa aberta no peito, ligeiro, afoito.

No começo da rua, perto do mercado, de lá, o brilho vinha vindo pelo calçamento, iluminando em cima nas casas, dos lados, nos cantos das paredes. Agachei atrás do muro, de frente pra rua, no quintal. Vi a rua. Os carros que antes passavam foram desaparecendo, sumindo como por encanto, o silêncio foi reinando. Daí, o silêncio e a luz governaram o vazio da rua. Só por momentos. Depois, os homens da polícia encheram a rua. Fui vendo. Sobre as calçadas, agachados alguns, se arrastando encostados aos muros, outros. Eles pisavam macio no chão, devagar. Por quê?, pensei. Incomodado na posição, tive receio de mudar de jeito. Fiquei parado. Respiração quase parada. Meu pensamento se perdia.

O facho de luz foi se aproximando, caminhando pelas paredes negras da casa em frente, abandonada, desleixada pelo dono que tinha se mudado fazia muito, se elevando sobre o telhado e se debatendo no meio da rua que não dava um pio sequer. Só os homens falavam, vozes baixas e apagadas. Cá, ouço barulho, uma zoada de passos pisando mato no quintal da casa sem morador. Me assustei. Amedrontou o coração quando três vultos saltaram o muro e se bateram de frente com a claridade que alumia cada vez mais forte. E correm para o fim da rua. O fim da rua também se cerca pelos homens, que são muitos. Que povoam toda a redondeza. Lá, eles também iluminam. Os fachos de luz se chocam no meio da rua, brilham nas roupas escuras dos moços. Eles param. Se olham. Vi neles a palidez, o medo. Apoiam-se uns nos outros. Gritam. Suas falas se perdem. Os homens se aproximam, calados, quase triscando as armas no muro. Eu vendo os moços, os homens quase sobre mim.

O primeiro rapaz que caiu nem gritou. Debateu-se na valeta sujando a água de esgoto com seu grito apagado e sangue. Os outros esboçaram ainda o medo de morrer e dançaram. Bailaram caindo, contorcendo-se apegados à morte matada que veio em forma de balas.

— Por quê? — Foi só o que me pude perguntar.

O silêncio foi a resposta. Acho que nunca vou ficar ciente. Tudo calou. Janelas não se abriram como sempre acontece quando há rixas na rua.

Abafado o tempo. Quente. O suor, tudo me incomoda. Foi palpitando uma vontade de crer que aquilo não existiu. Que fosse visagem. Sonho. Tudo, menos aquilo. Tampei os olhos com as mãos pra não ver a luminosidade que foi se apagando, sumindo de vez, deixando as paredes sujas e esburacadas de sempre. Iluminadas pelas lâmpadas fracas dos postes. Uivaram as sirenes morrendo na distância, velozes, sim.

Levantei detrás do muro. Limpei o suor que escorria do rosto, gosmento, morno. A rua, agora, vai se enchendo de gente, de carros, pouco a pouco. Como antes. Igual. Os passantes se cumprimentam. Aumentam os passos, apressando o andar. Passam por cima das pequenas poças de sangue que restaram na rua. Passei a pressentir que as pessoas nada viam. Ou viam? Os pneus dos carros limpam a sujeira da rua.

Me assusto com Pedro, que corre rindo pelo corredor. Dora segura a porta da cozinha com a mão esquerda e na mão direita aperta o pano de prato com força, pedindo coragem.

— A festa acabou, pai? — perguntou Pedro, segurando em minhas pernas, se agarrando à calça suja de lama do quintal. Dora ralhou com ele repreendendo com as vistas.

— Era, sim. Festa milagrosa, de Deus! — pude dizer.

Ri. Nervoso. Sentindo medo por amanhã, por eles, por esta casa tão fraca entre coisas tão fortes.

Dorinha chorou lá dentro. Dora correu acudindo.

Esfria. Vento de chuva vai se achegando, soprando devagar no meio da noite. Sinto um certo alívio em ter visto nos olhos de Dora que o medo, o receio dela, é só pela vida ao redor. Pelo futuro ela ainda confia em mim.

Quando fechei os dois ferrolhos, passei a tramela na porta da cozinha, conferi as traves nas janelas, não foi preciso explicar a Dora o que eu já tinha em mente.

22. SABOR DE QUÍMICA

Me matan, si no trabajo.
y si trabajo, me matan.
Siempre me matan, me matan,
siempre me matan.
Nicolás Guillén

Tinha chovido um pouco de manhã, nem presenciei. Fui jogado fora da cama, sol no meio do céu, pelos gritos da mulher que arrumava o quarto da pensão, reclamando da sujeira, bagas de cigarro, molambeira, uma imundície.

Levantei espreguiçando, passei uma água nos olhos, vesti uma troca de roupa e saí o mais rapidamente, ligeiro, para não criar caso. Na porta do bar, bem perto, em frente, gente parada dentro, arrodeando as mesas, balcão; alguns como se estivessem na espera. Chegava. Calça lustrosa, vinco em pé, camisa aberta nos peitos, me abanando. Alegre, festeiro, como todo domingo, faça sol faça chuva. Esquecido da implicação da mulher. Cheirando a cheiro Diamante Azul comprado às pencas, cabelo englostorado, meio penteado às pressas, mas bem cuidado, aparadinho. Sapato espelhando. Era assim mesmo. Entrava e sentava.

Lá pela tarde levantava pra estirar as pernas, desadormecer o corpo; mesa coculada de garrafas; dava umas voltas nas mesas verdinhas de sinuca rodeadas de gente, peruava um pouco sem caçar intriga, caçoava de um mais chegado, amigo se fosse. Olhava (nunca fui de taco) e me sentava de novo.

Vez uns guardas se aproximavam procurando vadio. O pessoal se encolhia pelos cantos, receoso, ficavam de pronto com a mão nos documentos, na profissional, pois identidade, diziam eles, é documento de ladrão. Os policiais me balançavam as mãos em sinal de cumprimento, respondia abanando e levantava um copo oferecendo, eles balançavam a cabeça dizendo não.

Rua coberta de asfalto, pasta negra e lisa. Antes não era. Conheci isso aqui com barro mole, vermelho, uma meleca afundando os pés até o joelho. Ou dando uma volta em cem braças pra se livrar da lama. Até que melhorou do que era. Vi isso aqui na nascença, muita gente prometendo, poucos mesmo trabalhando, que é o que precisava. Cheguei aqui, um tempão que já se foi, no turvo da noite. Abobalhado. Fiquei imaginando que se alguém falasse – *volte!* –, juro, nem sabia que direção tinha chegado, nem mesmo que rumo tomar. Perdido. Vendo tudo igual. Se fossem os conhecidos, companheiros de viagem, um dar uma explicação de lá, outro explicar dali, ainda hoje estaria procurando lugar.

Vim decidido. Emprego fácil, mas duro, pois nunca fui de muito estudo. Cabeça ruim, dizia meu pai. E aqui fiquei. Fui levando. Serviço de química de sair no fim do trampo tateando pelas paredes, água escorrendo pelos cantos das vistas que parecia com choradeira. Se era. E eu lá. Olhos parecendo querer voar, quase pulando para fora das pestanas, medrosos de luz, qualquer claridade que fosse. Saía todo dia quase não aguentando, dizia que ia mudar de serviço, no outro dia estava lá no pronto, já esquecido. Tudo de novo. Firme. Pregado no salariozinho de fim de mês. Pensava, é pouco, mas certo. Sempre lá. Sendo ajeitado pra ajudar feitor na casa dele no domingo. Nunca fui. Nada de adular ninguém. Hora de entrar e sair certa, isso sim. No domingo tenho programa, visita, outras coisas mais, sempre desculpas para não magoar.

Começou como tosse comprida. Revirei no meio da noite, o peito estufando querendo explodir, me torturando. Como labaredas: queimando o pulmão, subindo na carne do corpo, descontando os dias que nem dor de cabeça aparecia. Se chovia, esfriava, pior. Imaginei, até, no começo, que era mania. Mas não. Dor angustiada de morrer, longe de tudo, sozinho. Espantei esse pensamento.

Hoje, depois de muito tempo, as forças fraquejaram, e não saí à rua. Cá, sozinho, sem me mexer, a noite se arrastou vagando. Perdi a segunda-feira que amanheceu clara. A mulher reclamou porque não saía. Sentei na cama com as mãos entre os fios ralos de barba. Senti que me definhava, gosto de química no céu da boca, amargoso como fel, sentindo o quebrante do corpo, fraqueza na cabeça, tremura nas pernas. Quis levantar, o quarto fechado rodou. Olhei as mãos calosas, passei-as no rosto e senti a pele magra, rugas caindo e deformadas à minha indiferença que tinha, até agora, com a vida.

Tossi até o ponto em que os olhos choraram, que não pude diferenciar se pelo esforço ou pela amargura e solidão. O quarto tão pequeno, fechado, que me lembrei dos corredores enormes da fábrica onde tanta gente passava agora.

Nem deram pela minha falta. Como labaredas: queimando o pulmão, subindo de novo na carne do corpo. Tusso.

Fiquei tresvariando o dia todo. Sem me maldizer, se arrenegar ou dizendo que tenho estrela apagada, sorte murcha ou coisa de quem está sofrendo. Meio medroso, sim, precavido dessa leva da saúde.

Agora só se for milagre. Acabou o gosto pelas coisas. Só ficou aquela aflição que sempre vinha devagar, devagarinho, mas forte desviava ela da ideia.

Aí disseram que não tinha mais jeito. Me internaram em uma associação. Fiquei dois meses longe daqui. Cu do mundo. Só mato. Isso lá é vida? Não era. Peguei a reclamar. Era um perigo para os outros. Fui mandado embora. Voltei de trem com passagem paga, aliviado, vendo gente apressada, disso gosto. Então, por motivo de não poder mais trabalhar, me empurraram no instituto. Uma pensão em dinheiro que não dá nem para o vício. Imagine. Pois é. Fui ontem receber. Vomitei no guichê sujando a mão e a papelada do caixa e borrei o envelope de pagamento.

Todos daqui me conhecem, repito. Só que, agora, quando passo, chegando, arrastando pelo asfalto esse chinelo roto e desfiado, mudam o rumo das vistas e fazem que não existo. Meninas que vi nascer ficando moças. Algumas se perdendo por aí, depois se lastimando. Ninguém me vê passar. É, sim. Licença, digo. Não escutam. Debocham. Disfarçam e se arredam sem pedir licença. Fazendo pouco caso. Não ligo mais, não. Cuspo o meu câncer nos pés deles.

SOBRE O AUTOR

Roniwalter Jatobá nasceu em 22 de julho de 1949, em Campanário, Minas Gerais. Aos dez anos, foi morar em Campo Formoso, Bahia, onde concluiu, em 1964, o curso ginasial. Em 1970, mudou-se para São Paulo. Trabalhou como operário na Karmann-Ghia, no ABC, e entrou para a Abril no fim de 1973, na área gráfica. Cinco anos depois, formou-se em jornalismo. No fim dos anos 1970, viveu sete meses na Europa, num exílio voluntário. De volta ao Brasil, seguiu entre editoras e redações. Entre 1997 e 2003, atuou também como cronista semanal do paulistano *Diário Popular*.

Publicou, entre outros, *O pavão misterioso e outras memórias* (finalista do Prêmio Jabuti) e *Cheiro de chocolate e outras histórias* (Prêmio Jabuti 2013). Seus contos foram incluídos em diversas antologias brasileiras e estrangeiras, com traduções para alemão, inglês, italiano, sueco e holandês. Pela Boitempo, também publicou *Crônicas da vida operária* (finalista do Prêmio Casa das Américas, em Cuba) e *Paragens* (finalista do Prêmio Jabuti).

Multidão em Brasília no dia da eleição que representa o fim da ditadura militar.

Publicado em 2025, quando dos quarenta anos do fim da ditadura militar no Brasil, este livro foi composto em Sabon LT Pro, corpo 9/13,5, e impresso em papel Pólen Bold 70 g/m^2 pela gráfica Rettec, para a Boitempo, com tiragem de mil exemplares.